晴ヶ丘高校洗濯部！

梨木れいあ

STARTS
スターツ出版株式会社

一緒に青春しませんか？

活動日時：ここに来たくなったとき
活動場所：五号館二階奥の空き教室
活動内容：天候と季節に左右されがち

勉強との両立可！　未経験者大歓迎！
あなたの入部を待っています。

――晴ヶ丘高校洗濯部

「〝洗濯部〟ってなんですか!?」
――前髪長すぎチキンガール　葵《あおい》
「お願いだからついてきて！」
――残念な熱血部長　日向《ひなた》先輩
「嫌よ、日焼けするじゃない」
――色白黒髪美人さん　紫苑《しおん》先輩
（それ以上、こっちに来るな）
――無口無愛想石並べ　真央《まお》くん

嫌な感情は全部洗ってしまえばいい。
キレイに干して、アイロンをかけて、
またシャンと立って歩けるように。

私たちはきっと、居場所を求めていた。

目次

晴ヶ丘高校洗濯部！

プロローグ

気づけば、私はそこにいた。

それまでなにをしていたのか、ぼんやりする頭の中で考えるけれど分からない。

風の涼《すず》しい五月初旬《しょじゅん》、雲ひとつない快晴。

野球部のノックの音と、陸上部の雷管《らいかん》の音、水泳部のぱしゃりと水が跳《は》ねる音、そしてサッカー部のホイッスルの音。それに乗っかる吹奏楽部《すいそうがくぶ》のチューニングの音。

思い思いの放課後を過ごす生徒たちの音が聞こえるその場所に、私はいた。

私が通う晴ヶ丘《はれがおか》高校の渡り廊下《ろうか》の突《つ》き当たり、部活の勧誘《かんゆう》ポスターが所狭《ところせま》しと貼《は》られた掲示板《けいじばん》。

部活というものから目を逸《そ》らしている私が、普段《ふだん》なら立ち寄ることのない、むしろ避《さ》けて通るようなその場所に、なぜいるのか。

「……私はついにバカになったのか」

思い出そうとしてもまったく思い出せない自分に、呆然《ぼうぜん》としながら言葉を落とした。

部員を獲得《かくとく》するべく、それぞれ趣向《しゅこう》を凝《こ》らしたたくさんのポスターは、私の心臓をうるさく揺《ゆ》らす。ドクリ、ドクリ、と音がした。

耐《た》えきれず目を逸らそうとしたとき、不意に視界の隅《すみ》に入った一枚のポスター。

掲示板の一番端《はし》に追いやられ今にも風に飛ばされそうなそれが、なんだかとても不《ふ》憫《びん》に思えて、ゆっくりと見つめた。

活動日時、活動場所、活動内容が書かれた、至ってシンプルなそのポスター。

【勉強との両立可】【未経験者歓迎《かんげい》】の文字。

そのまま視線を下げれば、左下に書かれた文字が目に入った。

「……〝洗濯部《せんたくぶ》〟？」

聞き慣れない部活だった。

見間違《みまちが》いかと思い、もう一度顔を近づけて確認するが、そこに書かれていたのはまぎれもなく【洗濯部】の文字。

なんだそれ、ともう一度じっくりとポスターを見る。

「活動日時は……〝ここに来たくなったとき〟？　活動内容は〝天候と季節に左右されがち〟……って」

よくよく読んでみれば、その内容はかなり変だ。

だれかのいたずらだろうか。いや、でもしっかりとうちの高校の掲示許可印が押《お》されている。

「……〝一緒《いっしょ》に青春しませんか〟」

眉間《みけん》にシワを寄せたまま、ポスターの一番右に書かれた誘《さそ》い文句を口にする。その瞬間《しゅんかん》、なぜか小さく胸が鳴った気がした。そのとき……。

「なあ」

不意に背後から聞こえた、楽しげな声。

驚《おどろ》いて振《ふ》り向くと、そこには笑顔を浮《う》かべた男子生徒がいた。上履きに入っているラインの色が赤いということは、二年生だろう。

五月の涼しい風が頬《ほお》をなでる。目にかかっていた私の長い前髪《まえがみ》が揺れ、視界が広がった。

あらわになった私の瞳《ひとみ》をのぞき込《こ》むように首をかしげて、目の前の男子生徒が口を開く。

「洗濯部、入りませんか?」

私の人生のターニングポイントは、きっと今、このときだった——。

第一章　スズメが朝早くからさえずると晴れ

洗濯部の部員たち

【部活日誌】
五月八日　晴れ
今日から新入部員がやってきた！
この洗濯部を盛り上げてくれる存在となるであろう！
すっげー期待してる！
――日向

＊＊＊

思わず息をするのを忘れていた。

五号館の階段を上がり、二階の廊下でぴたりと足を止める。廊下の突き当たりにある空き教室に向かおうとしていたのに、その途中《とちゅう》で、ある問題が生じていた。

「……だれ、あの美青年は」

止めていた息を吐《は》くように落とした小さなつぶやきも、シンと静まり返ったこの空間には響《ひび》いてしまうような気がして、とっさに口を押さえた。

そう、私の目的地である空き教室の前に、こちらに背を向けて男子生徒がしゃがみ込んでいるのだ。

しかも、サラッとした栗色《くりいろ》の髪《かみ》に、細い腰《こし》。チラリと見えた色白の横顔は、スッと鼻筋が通っていて、まつ毛が長い。全身から〝美青年オーラ〟がにじみ出ていた。

どうしよう。やっぱり行くのはやめておこうかな。そもそも私に部活なんて無理だし、しかも〝洗濯部〟だなんて聞いたこともない部活だし。ああ、でも、だけど……。

廊下の角から空き教室を見つめながら、考えを巡《めぐ》らせていたときだった。

――キーンコーンカーンコーン。

「うっひゃ!?」

突然《とつぜん》鳴り響いたチャイムの音に驚いて、盛大に揺れた私の肩《かた》。手に持っていたスマホが滑《すべ》り落ちて、カツーンと廊下の床《ゆか》にぶつかった。

「うわわわわ……!」

慌《あわ》ててスマホを拾い上げ、画面にヒビが入っていないかを確認する。幸い、手帳型のスマホケースをしていたおかげで、画面はしっかりと守られていた。

ああよかった、とホッと息を吐いたのも束の間、人の視線を不意に感じた。サーッと顔が青ざめていくのを感じながら、恐《おそ》る恐る顔を上げると……。

空き教室の前にしゃがみ込んでいた美青年とばっちり目が合った。

いや、正確に言えば私の目は長く伸《の》ばした前髪で隠《かく》れているわけだから、相手は目が合っていることに気づいていないはずだ。うん、多分、きっとそうだ、そうであってほしい。

「…………」

「…………」

お互《たが》いに無言のまま、ただ時間だけが流れていく。

どうするのが正解なのか分からず、とりあえず持っていたカバンの中にスマホをしまってみる。しまったからといって、なにが変わるわけでもないのだけど。

相手から目を逸らすこともできず、腕時計《うでどけい》の秒針がチクタクと動いていく音がやけに大きく聞こえる。

しばらくそうしていると、美青年が不意に私から目を逸らした。

興味をなくしたように床へと視線を落とした美青年を見て、金縛《かなしば》りが解けたように私の体は自由を取り戻す。思わず止めていた息を大きく吸い込み、ふーっと吐き出した。

いつもより細やかに脈打っていた心臓が動きを緩《ゆる》めていくのを感じながら、私はもう一度、美青年を見た。

さっきは気づかなかったけれど、美青年は床になにかを並べていた。一つひとつ丁《てい》寧《ねい》に、一定の間隔《かんかく》を空けて置いていく。

いったい、なにをそんなに一心不乱《いっしんふらん》に作業しているんだろう。

不思議に思った私は、カバンの持ち手をギュッと握《にぎ》りながら、廊下の突き当たりを目指してゆっくりと足を踏《ふ》み出す。この静かな空間に極力音が響かないように、忍者《にんじゃ》になった気持ちで歩く。

「……え？」

美青年まであと数メートル、というところで私はぴたりと足を止めた。空き教室に近づくにつれ、だんだんと見えてきたのは……。

「い、石？」

私が驚きの声を上げると、しゃがみ込んだままの美青年はぴくりと肩を揺らす。しかし私の問いに答えることなく、またすぐに手を動かし始めた。

五号館二階奥《おく》の空き教室。そのドアの前にしゃがみ込んでいた美青年は、どういうわけか、廊下に石を等間隔に並べていた。

えーっと、これはどうすべきなんだろう。私はとりあえず、この先の空き教室に用があって、ここを通りたいんだけど……。

「……あ、あのー」

とにかく、話してみなければどうにもならない。にじみ出ている美青年のオーラに気圧《けお》されてはならないのだ。

うむ、と自分にうなずいて、もう一度声をかける。

「あ、あの、すみません」

私の声に、美青年はまたぴくりと肩を揺らす。しかし顔を上げるわけでもなく、またすぐに石を並べる手を動かし始めた。

えーっと、これはつまりその、無視なの？

さすがに、私の声が聞こえていないということはないだろう。ここまで徹底的《てっていてき》に無視されたのは初めてだ。

どうしよう。帰ろうか。いや、でも、これだけ声をかけておいて帰る勇気はない。

「あ、あの、すみません！」

ギュッと両手を握りしめて、もう一度声をかける。

美青年の肩はまたぴくりと反応した。

「私、そこの教室に用があって、ちょっと通りたいんですけど！」

自然と大きくなった自分の声が廊下に響く。まくし立てるように言って、美青年の出方をうかがう。

私が口をつぐんだことによって、またシンと静まり返った五号館の二階。

耳元で大きく脈打つ音が聞こえる。全身が心臓になったみたいだ。この音が目の前の美青年にまで聞こえていそうで、余計に緊張《きんちょう》する。背中にひと筋の汗《あせ》が流れるのを感じた。

仁王立《におうだ》ちしたまま、じっと美青年を見つめていると、不意に揺れた彼の髪。色素の薄《うす》いそれが、サラッと空気中の光を弾《はじ》く。

その光景に見とれた次の瞬間、私の視界はガラリと色を変えた。

「……わっ！」

ガッと全身に衝撃《しょうげき》が走ったと思えば、視界いっぱいに広がる美青年。私の両肩を掴《つか》む力は、はかなげな雰囲気《ふんいき》からは想像できないほど強い。

「え、ちょっと、あの……っ」

前髪で隠れている私の目をのぞき込むように、美青年は顔を近づけてくる。色素の薄い髪と同じ色をした瞳は、とても澄《す》んだ色をしていた。

しかし今回ばかりは、その色に見とれている余裕《よゆう》はない。彼のその瞳に込められていた強い感情――困惑《こんわく》と怒《いか》りに、私は思わず息をのんだ。

どういうことだろう。私はただ、空き教室に行きたいだけなのに。

彼から向けられている視線は、まるで私がここに来ることを拒絶《きょぜつ》しているような感じさえする。しかも、ひるんで固まる私を気にも留めず、両肩を掴む力は弱まることを知らない。

私は頭から冷水をかけられたように、サッと血の気が引いていくのを感じた。口の中の水分がなくなっていく代わりに、うっすらと涙《なみだ》が膜《まく》を張る。

「わ、わた、わわ私は、あの——」

それでもなにか言わなくては、と口を開いたときだった。

「……っ」

ヒュウ、ヒュッ、ヒュウッと、美青年の口から息がこぼれた。

「……え?」

驚いて、まばたきをひとつ。途端《とたん》に、じわりと膜を張っていた熱い涙がまぶたに一《いっ》掃《そう》されて、視界が鮮明《せんめい》になる。

私の目をのぞき込むようにしていた美青年は、口を大きく動かして、私になにかを訴《うった》えていた。

しかし、なんとか耳を澄ませても、聞こえてくるのはヒュウ、ヒュッ、ヒュウッという息の音だけ。訳が分からず、だからといって逃げ出すこともできず、私は両肩を強く掴まれたまま立ちすくむ。

怖《こわ》い。怖い、嫌《いや》だ。やっぱり部活なんて無理だ。

友だちを作ろうだなんて、そんなことを少しでも考えてしまった自分に嫌気が差す。

どうせうまくいくはずもないのに、どうして私はここに来てしまったんだろう。

ああもうバカバカ、と自分自身を罵倒《ばとう》する声が頭の中を駆《か》け巡る。

『やっぱりいいです』と言って、この場から去ろうか。

しかし美青年はいまだ拘束《こうそく》する力を弱めてはくれず、私に向けてヒュウヒュウと息を吐き出している。その必死の訴えに、私は思わず問いかけた。

「……な、なんて言っているんです、か？」

すると美青年はハッとしたように目を見開き、しばし固まったのち、私の肩を掴んでいた手を離《はな》した。

急に解放された私はふらりと二歩、後ずさる。緊張と恐怖《きょうふ》で膝《ひざ》の力が抜《ぬ》けていた。

美青年はそんな私を一瞥《いちべつ》して、そのまま乱暴に空き教室のドアに手をかける。

ガラッと大きな音を立ててドアが開いた瞬間、空気のこもっていた五号館の廊下を風が通り抜けていった。

ドアの中へと消えていく美青年の背中をぼんやり眺《なが》めていると……。

「ちょっと真央《まお》くん、急にどうしたのよ？」

教室の中からハスキーな声が聞こえてくるのと同時に、美青年がスケッチブックを持って私のところに戻ってきた。

「へ、え、なんです、か？」

戸惑《とまど》いながらそう問えば、ずいっと差し出されるスケッチブック。開かれたページに視線を落とすと、無地の白い紙の上に並んだ文字がこちらを向いていた。

はかなげな美青年の印象と合致《がっち》しない、濃《こ》く乱雑に並べられた文字。

【なんでこんなところに来たんだ】

その一文に驚いて目を見開くと、ぺらりとページがめくられる。

【それ以上、こっちに来るな】

「それ以上って……」

口がカラカラに渇《かわ》いて声がかすれる。ぽとりと言葉を落とせば、無言で指差された足元。見れば、ちょうどさっき彼が並べた石が列を成していた。

彼はこの石より向こう、つまり空き教室に来るなと言っているのだろうか。

呆然と立ちすくんでいると、スケッチブックを持った彼の手が不意に力なく下ろされていった。

思わず顔を上げて彼の口元に視線を向ければ、ヒュウと息がこぼれる。『お願いだから』と動いたように見えた。

え、と口を開きかけたとき……。

「ねえ真央くん、どうしたの……って、あら！」

空き教室から女子生徒がひょっこりと顔を出した。

その美しい容姿に、私はまたも息をすることを忘れてしまった。

鎖骨《さこつ》の下辺りまで伸ばされた艶《つや》のある黒髪に、モデルさんみたいにすらりと高い背《せ》丈《たけ》。白く透《す》き通るような肌《はだ》には、赤いグロスがよく映えている。驚いたように私を見る大きな瞳は、黒曜石《こくようせき》のようにツヤツヤと輝《かがや》いていた。

「あ、えっと、私はその……」

「もしかして、あなたが新入部員の一年生？」

とりあえず事情を説明しなければ、と焦《あせ》る私を気にも留めず、美人さんはすぐに察したように笑顔を浮かべた。少しハスキーな声が見た目とのギャップを生んでいて、不思議な安心感を与《あた》えてくれる。

「はい」ととっさにうなずくと、彼女はさらに笑顔を輝かせて私の腕を掴んだ。

「やった、久しぶりの女の子！　こんなところで話すのもなんだし、お茶でもいれるわね。さ、入って入って」

「へ？」

美人さんにぐいっと引っぱられて、いとも簡単に私の足は美青年の作った境界線を飛び越《こ》える。

えええぇ？と思いながらチラリと美青年を見上げれば、彼はこの世の終わりかのような顔をしていた。

「ちょっと散らかっててごめんね。はい、ここに座って」

教室の中央に置かれた大きな机。その周りを囲うように配置されたパイプ椅子《いす》。そのうちのひとつをポンポンとたたいて、美人さんは笑う。

「え、あの」

「紅茶かコーヒーか日本茶か、あ、オレンジジュースもあるよ。どれがいい？」

「いや、おかまいなく……」

マイペースな美人さんに混乱しながらも、私はためらいがちに首を振った。

「分かった、オレンジジュースね」

実はそれが一番飲みたかった。というより、私は紅茶もコーヒーも飲めない。

言葉のキャッチボールは成立していないけれど、どうやら美人さんには私の気持ちが伝わったらしい。バタンと冷蔵庫が開閉する音が聞こえる。

もはや私に逃げるという選択肢《せんたくし》は残ってなさそうだ。先程『座って』と促《うなが》された椅子に大人しく腰掛《こしか》け、ぐるりと周りを見渡す。

美人さんは教室の入口から見て左側にある棚《たな》の上で、冷蔵庫から出したオレンジジュースを注いでいた。小さめの冷蔵庫の上には、決して新しくはない電子レンジが乗っている。

正面の壁《かべ》には数枚の水彩画《すいさいが》が貼ってあった。描《か》かれているものは、風景だったり人物だったりとさまざまだけど、どれもほんわりと温かい色味で彩られている。

そして右側は、全面が窓になっている。角部屋だからだろうか、窓の向こうには広いベランダがあり、ピンと張られたロープにたくさんの洗濯物が干されていた。

「わあ……」

風によって洗濯物がいっせいに揺れ動く様子は、水族館で見るイワシの大群に似ている。よく晴れた青空にその光景はまぶしく、思わず目を細めた。

今日は朝早くから晴れていて、スズメがよくさえずっていた。いい天気だなあと窓の外を見ていると、クスクスと笑う声が近くで聞こえた。

「はい、どうぞ。ストローなくてごめんね」

「あ、ありがとうございます」

顔を上げれば、キレイな笑顔を浮かべた美人さん。差し出されたグラスを受け取り、口をつけようとして……。

こういうのって、すぐに口をつけてもいいんだろうか。どうなんだろう。

一瞬飲むのをためらっていると、それすらも見越したように美人さんは「飲んでいいよ」と笑った。

その言葉に甘《あま》えてグラスに口をつける。カランと氷が音を立てて、オレンジジュースの酸味が口の中に広がった。

美青年と対峙《たいじ》したときにカラカラに喉《のど》が渇いたものだから、その冷たさが心地いい。

「どう？　おいしい？」

「あ、お、おいしいです」

コクコクうなずくと、美人さんは満足げに微笑《ほほえ》み、私の隣《となり》のパイプ椅子に腰掛けた。

「ところでさっき、真央くんとなに話してたの？」

興味津々《きょうみしんしん》といった様子で聞いてくる美人さん。その問いかけに、パッと視線を教室の入口へと向ける。

そこには美青年――『真央くん』と呼ばれた男子生徒が、牽制《けんせい》するように私をにらんで立っていた。

「いや、……特におもしろい話は」

「え！　真央くんが自分から話そうとするなんて、よっぽどのことがないとありえないのに！」

そう言って目を丸くする美人さん。

それを聞いて、私はさらに気持ちが落ち込む。

彼に対してなにかをした覚えはないのに拒絶されるとは……。そうか、私の存在自体がうざいんだな。そんなことはとっくに分かっていたけど、でももしかしたらこんな私でも受け入れてくれるんじゃないかって期待してたなんて、バカみたいだな、私。

長く伸ばした前髪の中で、そっと目を閉じる。こうすると、自分が周りから身を隠せているような気持ちになれて落ち着くのだ。

雑念を振り払うように目を閉じたまま軽く頭を振って、ゆっくりまぶたを持ち上げた。

「……あの、美人さん」

なにか話を振ろうと思って口を開けば、そんな言葉が出た。ハッとして、それを撤《てっ》回《かい》しようとまた口を開こうとすれば、それより先に美人さんが口を開く。

「え、私のこと？　やだ～嬉《うれ》しいありがとう！　あなたもとってもかわいいわよ」

ニコッと笑って、小首をかしげた美人さん。

その瞬間、嫌味っぽい言い方になってしまった自分と、気にも留めず笑顔を見せてくれる彼女に人間としての圧倒的な差を感じて、お腹の底辺りから急激に熱が全身へと回っていく。

これはきっと、羞恥心《しゅうちしん》だ。

そう自覚した途端、私の口から堰《せき》を切ったように言葉があふれ出した。

「わ、私なんてそんな、かわいくないし素直じゃないし口も悪いし！　全然そんなんじゃないんです！」

「……え？」

ああ、ダメだ、悪いクセが出た、と頭の中で冷静な私がつぶやく。美人さんが呆気《あっけ》にとられたように口を開けたのを見て、私は目を逸らすようにうつむいた。

「みんなの足を引っぱるし、肝心《かんじん》なところでちゃんとできないし、ほんと、いる意味ないんです。存在する意味なんて——」

『ないから』と続けようとしたときだった。

バンッと大きな音が、遮《さえぎ》るように教室に響いた。

ハッと顔を上げると、そこには机を両手でたたいた真央くんの姿があった。色素の薄い瞳が、激しい怒りを携《たずさ》えて私を射抜くように見ている。

その瞳を前に、私は急に後悔《こうかい》の念に襲《おそ》われた。

一度動き出すと止まらない私の口は、初対面の人だろうと関係なく動く。隣の美人さんから向けられる、戸惑ったような視線が痛い。

真央くんがどうして怒《おこ》っているのかは分からない。でもきっと、せっかく美人さんが気遣《きづか》ってかまってくれているというのに、それを台なしにするようなことを私が口走ったからだろう。

「ご、ごめ、なさ——」

頭を下げて、謝罪の言葉を口にしようとしたとき……。

「みんなヤッホー！　……って、あれ、なにこの雰囲気」

この場にそぐわない、明るい声が耳に届いた。どこかで聞いたことのあるその声に、パッと顔を上げる。

「あ……」

先程まで真央くんが立っていた教室の入口にいたのは、私が今日ここへ来ることになったきっかけを作った人物だった。

「お、ちゃんと来てくれたんだな！　いやー、ここちょっと分かりにくいからさ、迷わないかなって心配してたんだぞ」

「ちょっと日向《ひなた》、それならあんたが迎《むか》えに行けばよかったじゃないの」

私の姿を視界に入れて嬉しそうに頬を緩めたその人に、美人さんはすかさずツッコミを入れる。

「はっ、確かに……！」

「バカね」

天然ぶりを発揮する男子生徒に、あきれたように笑った美人さん。さっきまでの気まずい空気が一瞬にして色を変える。

「ていうか、どうした真央。お前、今日は絵は描いてないのか？　あ、紫苑先輩《しおんせんぱい》、俺《おれ》もオレンジジュース！」

「甘えんじゃないわよ、自分で注ぎなさい」

「……はい」

シュンとしながら冷蔵庫を開け、自分でグラスにオレンジジュースを注ぐ後ろ姿は、なんだかすごく頼《たよ》りなさげに見えた。

不意に、視界の端で人影《ひとかげ》が動く。机に手をついていた真央くんが、パイプ椅子を一《いっ》脚《きゃく》引きずりながら窓際へと移動していた。

あ、と思うものの、声をかける勇気は出ない。謝るタイミングを完全に逃してしまったな、とぼんやりと思った。

「さて、じゃあ全員そろったことだし、改めて自己紹介《じこしょうかい》でもするか」

気づけば明るい声の彼が私の真正面に座り、オレンジジュース片手に仕切っている。

私の隣で美人さんがうなずくのを横目に、私もゆっくりとうなずいた。

「俺が、この洗濯部部長の三浦《みうら》日向。好きな食べ物は、ラーメンと焼き肉と唐揚《からあ》げ！」

目尻《めじり》にキュッとシワを寄せて、「よろしく」と真正面で彼が笑う。

短くすっきりと整えられた黒髪は、いかにもいい人オーラが出ている。私が今日ここに来ようと思ったのも、この日向先輩のいい人オーラにあてられたからだった。

「で、こちらが木村《きむら》紫苑先輩」

「よろしくね」

日向先輩は、続けて私の隣に座る美人さんを紹介してくれる。『紫苑先輩』と呼ばれた彼女は艶のある黒髪を耳にかけながら、ふわりと私に微笑んだ。

「ちなみに悩《なや》みは貧乳で体毛が濃いこと」

「日向、顔面つぶされたいの？」

付け足された情報をかき消すように、赤いグロスの塗《ぬ》られた唇《くちびる》が動く。

紫苑先輩のような美人さんから発せられたとは思えないドスの利いた声は、ニヤニヤと笑っていた日向先輩を一瞬にして固まらせた。

「……見てのとおり美人です」

日向先輩の訂正《ていせい》に、ふふっと満足げに笑う紫苑先輩。上履きに入っているラインは、緑。三年生の色だった。

「よろしくお願いします」と控《ひか》えめに頭を下げた私に、紫苑先輩は「こちらこそ」と笑みを深めた。艶のある黒髪が揺れて、ふんわりといい匂《にお》いがする。

確かに胸は小さ……いや、この話はやめておこう。

「そんで、そこにいるのが遠藤《えんどう》真央」

日向先輩が窓際に目を向ける。

そこには、ひとり離れてパイプ椅子に座り、こちらをにらむように見ている美青年。上履きに入っているラインは、青。私と同じ一年生の色だ。

「ちょっと今は人見知りしてるんだと思うけど、悪いヤツじゃないからさ！　きっと仲よくなれると思うよ」

「よ、よろしく……」

真央くんに向かって小さく言ってみたものの、にらむような視線がふいと外される。

つまり無視である。

「……先輩、私仲よくなれる気がしません」

「まあ、ああいうヤツだから気にすんな！　お互いそのうち慣れるって」

そう言って日向先輩は笑うけれど、私は不安しかない。

真央くんは既《すで》に興味がなくなったようで、ベランダの洗濯物が風で泳ぐ様子を眺めていた。

「じゃあ、次」

「へ？」

「あなたの番よ」

日向先輩と紫苑先輩、ふたりから促されて気づく。そうか、私はまだ名乗ってすらいなかった。

オレンジジュースの入ったグラスを両手で持って、渇いた喉を少し潤《うるお》す。口の中に残る酸味を感じながら、私はパイプ椅子に座り直し、改めて口を開いた。

「一年生の戸田《とだ》葵《あおい》です。今日からお、おせ、お世話になります。よろしくお願いします……」

噛《か》んじゃった、という恥《は》ずかしさで、最後のほうはモゴモゴと消えるように言った。

長く伸ばした前髪で自分を隠しながら様子をうかがっていれば、特に気にした様子もなく笑いかけてくれる先輩ふたり。

「葵ちゃん。よろしくね」

「よろしく、葵！　期待してんぞ！」

その屈託《くったく》のない笑顔に、ようやく緊張が解けていくような気がして、私もぎこちなく口角を上げた。

「ということで、洗濯部はついに部員が四人になりました！　乾杯《かんぱい》！」

突然グラスを持ち上げて、そう言った日向先輩。

「え、あ、か、乾杯」

遅《おく》れて私もグラスを持ち上げ、コツンと日向先輩のそれとぶつける。

「喜ぶようなことなのかしらね」

「なに言ってんすか、紫苑先輩。仲間が増えたんだから喜ぶべきだろ」

「あんたは相変わらずね」

あきれたようにため息をついて、紫苑先輩は頬杖《ほおづえ》をつく。気だるげな仕草も絵になるのは、その美貌《びぼう》からだろうか。

オレンジジュースの入ったグラスの周りには結露《けつろ》がついていて、そっとなぞると指に水滴《すいてき》がついてきた。

日向先輩は紫苑先輩に、仲間についてなにやら熱く語っている。「海賊王になりたい少年も、火影《ほかげ》になりたい忍者も、仲間は大切にしてきたんだ」とか。

どんどん論点がずれていく話を半分聞き流しながら、私は前髪の隙間《すきま》からチラリと窓際へ視線を向けた。

私たちと離れて窓際にいる真央くんは、パイプ椅子の上で三角座りをしながら、膝の上で器用にスケッチブックを広げていた。シャッシャッと鉛筆《えんぴつ》が音を立てている。鉛筆を持つ手は左のようだ。

明らかな拒絶をされたあとだから、その瞳がこちらを向いていないことにホッとする。スケッチブックへ熱視線を送る真央くんの姿に息を吐いて、私はゆっくりと視線を戻した。

「そういうわけで葵、分かんないこととかあったら、遠慮《えんりょ》せず聞いてくれ！」

「え!?　う、えと、……はい」

「初歩的なことでもなんでもいいからさ、どーんと来いよ！」

そう言って日向先輩は目尻にシワを作る。仲間云々《うんぬん》の話はここに行き着いたらしい。

紫苑先輩は飽《あ》きたみたいで、枝毛探しをしていた。

日向先輩の人懐《ひとなつ》っこい笑顔に落ち着かないような気持ちになって、オレンジジュースの入ったグラスに視線を落とす。しかし、そのあとすぐに一番聞きたかったことを思い出して、パッと顔を上げた。

「あ、あの、じゃあ、早速なんですけど」

「おう、なんだ⁉」

嬉しそうに身を乗り出してくる日向先輩。その生き生きとした表情がまぶしい。

私はその明るさに目を細めながら、ずっと気になっていたことを口にした。

「〝洗濯部〟ってなんですか⁉」

私の問いかけに、日向先輩はぽかんと口を開けて固まった。

汗臭さは努力の結晶

五月九日　晴れ
春の紫外線が一番危険だって言ってんのに、日向は関係なしにこき使ってくる。
今日で絶対焼けたわ。最悪。
——紫苑

＊
＊
＊

放課後のグラウンドはにぎやかだ。堅苦《かたくる》しい授業で凝り固まった体を解放させるかのように生徒たちは動き、各部活のさまざまな音が行き交っている。

今日はよく晴れている。しかも、たまに吹《ふ》き抜ける風が心地いい。

そんな青空の下、私はいろんな意味で顔を強《こわ》ばらせていた。

「サッカー部、野球部、ラグビー部、その他、汚《よご》れた物があるみなさん！　こんにちは、洗濯部です！」

大きな洗濯カゴを持って、意気揚々《いきようよう》と先頭を歩く日向先輩。

「ちょ、ちょっと待ってください日向先輩……！　こ、これはなんの罰《ばつ》ゲームですか？」

隠れるように日向先輩の背中にひっつきながら声をかけると、「なに言ってんだ」と不思議そうな声が返ってきた。

「見りゃ分かんだろ。部活だよ」

「いやいやいや、え、えっと、え？」

「どうもみなさん、こんにちはー！　汚れた物はありませんか！　洗濯部です！」

困惑する私をほったらかして、日向先輩は声を張り上げる。

ウソでしょ、と思いながら後ろを振り向けば、紫苑先輩は日傘《ひがさ》を差してサングラスをかけている。

「し、紫苑先輩……日焼け対策ばっちりですね」

「五月の紫外線って油断できないのよ。だから私は部室で待ってるって言ったのに」

そう言ってふて腐《くさ》れている紫苑先輩は、よっぽど焼けるのが嫌らしい。さっき五号館二階の空き教室――部室を出る前には、ＳＰＦ50＋の日焼け止めを塗りたくっていた。

意識の高さに恐れおののいていると、ハッとしたように紫苑先輩が後ろを向く。

「ちょっと真央くん、自分だけ逃げようとしないでくれる？」

「…………」

紫苑先輩に首根っこを掴まれて、チラリとこちらを見た真央くんは、面倒くさいというオーラを全身から醸《かも》し出している。眉間にシワを寄せて、不機嫌《ふきげん》そうに口をへの字に曲げていた。

「い、いつもこんな感じなんですか？」

真央くんの腕を引っぱって歩く紫苑先輩に問いかければ、うなずきが返ってくる。

「そうね、活動としては、運動部が使ってる物の洗濯がメインかも」

「……みんな家で洗濯しないんですか？」

運動部だと、制服に着替えずそのままジャージで帰る人も少なくないし、着替えたとしても家に持ち帰って洗うのが普通だと思う。そんな疑問を口にすると、紫苑先輩はクスクスと笑った。

「もちろん、みんな自分の物はそれぞれの家で洗濯してるわ。私たちが回収してるのは、ボールを拭く布とか、部室のタオルとか、みんなで使ってる物なのよ」

「な、なるほど。ちなみに文化部とはあまり関わらない感じですか？」

分かりやすく説明してくれる紫苑先輩に相槌《あいづち》を打ちながら、私は一番気になっていたことを尋ねた。

「あまりっていうか、まったく関わらないわよ。洗濯する物ないし」

「そ、そうですか……」

その答えにホッと息を吐けば、不思議そうに紫苑先輩が首をかしげた。

「あ、いえ、ちょっと。特に意味はないんですけど」

「そう？　ならいいけど」

私がへらりと笑って曖昧《あいまい》に受け流すと、不意に感じた視線。そちらへ顔を向けると、真央くんがじっと私をにらむように見ていた。

私の心を読んでいるような探るようなその目つきに、胸がドキリと震《ふる》えた。

「あ、保健室の物を洗濯することもあるかな」

「え？　あ、そ、そうなんですか？」

真央くんからパッと目を逸らし、紫苑先輩を見上げる。真央くんがまだ私のほうを見ているような気がしたけれど、その視線から逃げるように紫苑先輩の言葉を待つ。

「うん。養護教諭《ようごきょうゆ》のまゆみちゃんって分かる？」

「養護教諭、……古賀《こが》先生ですか？」

ウワサ話に疎《うと》い私でも知っている、養護教諭の古賀先生。見た感じはふわふわと優しげな、若々しい女の先生だけれど、実は随分《ずいぶん》長い間この学校の保健室にいるらしく、年齢不詳《ねんれいふしょう》なのだとか。そんな古賀先生は、一部の生徒から『まゆみちゃん』と呼ばれて親しまれている。

「まゆみちゃんね、うちの部の顧問《こもん》みたいな感じで。そもそもまゆみちゃんが保健室のベッドのシーツを洗濯させたことが洗濯部の始まりらしいのよ」

「へ、へえ」

「だから今もたまに保健室の物を洗濯してくれって押しつけてくるの。それで——」

「ちょっと！　いつの間にみんな消えてんだよ！」

紫苑先輩の言葉を遮るように聞こえた、大きな声。

聞き覚えのある声に振り向くと、既にひとりで突き進んでいたらしい日向先輩が、顔を赤くしながら私たちのほうに戻ってくるのが見えた。

話し込んでいてすっかりその存在を忘れてしまっていた、と思いながらチラリと紫苑先輩を見ると、「あー、はいはい」と気の抜けた返事をしている。どうやら、こういうことはよくあるらしい。

「まったく、洗濯物を取りに行くだけで、すげー時間かかるじゃねーか」

「まあまあ」

「お願いだから、ちゃんと俺についてきて！」

なだめるように笑う紫苑先輩と、不服そうな日向先輩。

ふたりの様子を交互に見やって、私は戸惑いながらも今度こそ日向先輩の後に続いてグラウンドを歩いた。

「ラグビー部さんこんにちは！　洗濯部です！」

まず初めにやってきたのは、ラグビー部。

日向先輩が元気よく挨拶《あいさつ》をすれば、「ちわーっす」と野太い声が束になって返ってきた。ぞろぞろとこちらに歩いてくる部員は、みんなそろってガタイがいい。むわっと熱気のようなものが押し寄せてくる。

あまりの迫力《はくりょく》に思わず後ずさりすると、トンと背中がなにかにぶつかった。

「あ、すみませ……」

「…………」

振り向けば、私をじっと見下ろす真央くん。その色素の薄い瞳がなんの感情も表していないことに気づいて、慌てて距離《きょり》をとり、ペコリと頭を下げる。

「……ご、ごめんなさい」

もう一度謝ると、興味なさげに視線が逸らされた。

よかった、と胸をなで下ろしていれば、日向先輩がラグビー部の部長さんらしき人と話をしているのが視界に入った。

「よお、いつも悪いな。そこにある分を頼《たの》んでいいか？」

「任せとけ！　新しい部員も入ったから、これぐらい超《ちょう》余裕」

「新しい部員？」

不思議そうに首をかしげた部長さんに、日向先輩が私を見る。その視線をたどるように部長さんは私を見て、「おお」と声を上げた。

どう反応するのが正解なのか分からず、とりあえずペコリと頭を下げた私に、日向先輩は満足げにうなずく。

部長さんにマジマジと見られて、これ以上どう反応すればいいか分からず視線を落とした、そのとき。

「紫苑さん、今日も美しいっす！」

ひときわ大きくて野太い声が耳に飛び込んできた。反射的に顔を上げて声がしたほうを見れば、紫苑先輩を囲うように数人の部員さんが立っている。

「ありがとう、みんなも練習お疲《つか》れさま」

サングラスを外して、ニコリと笑った紫苑先輩。顔の傾《かたむ》き加減が絶妙《ぜつみょう》で、黒髪が流れるように肩から落ちる。

笑顔を向けられた部員さんたちはみんな照れたように笑って頭をかいていた。

「す、すごいね。紫苑先輩の人気……」

呆気にとられて、思わず後ずさる。先輩たちから数メートル離れたところで、私と同じように後ろへ下がっていた真央くんに話しかける。

「…………」

もちろん、返事はない。チラリと私を見下ろして、真央くんはまた興味なさげに視線を逸らす。

予想どおりの反応に、もはや削《けず》られるメンタルもない。

「よし、じゃあそろそろ次行くぞ！　真央これをよろしく……って、どうした、またケンカか？」

ニコニコと笑顔を振りまきながら戻ってきた日向先輩は、私たちの間に漂《ただよ》う微妙《びみょう》な空気に首をかしげる。

「け、ケンカはしたことないです……」

というより相手にされていないと思います、と心の中で付け足して答える。

日向先輩は意外そうに、「へえ」とつぶやきながら、真央くんに洗濯カゴを渡した。

どっさりとラグビー部の洗濯物が入ったカゴを押しつけられた真央くんは、眉間にシワを寄せてすごく嫌そうな顔をしていた。

「紫苑せんぱーい！　次行きますよ！」

日向先輩に呼ばれてもなお、紫苑先輩はいまだラグビー部の部員さんに囲まれている。ガタイがいい部員さんの隙間から、ポツリと日傘だけが見えていた。

「おーい、次行くってばー！　時間ないんすよ！」

日向先輩が何度も声をかけるけれど、届いているのかいないのか、紫苑先輩がこちらに来る気配はない。

ここから呼ぶだけでは無駄だと思ったのか、「もう！」と言いながら日向先輩は紫苑先輩を囲む集団のほうへと足を向ける。

それについていくべきか迷ったけれど、動く気配のない真央くんにつられて私もここにとどまることにした。しかし……。

「…………」

「…………」

すぐに戻ってくるかと思った日向先輩は、紫苑先輩を連れ戻すのに思ったより手こずっているようで、なかなか戻ってこない。

荷物を抱《かか》えて不機嫌そうな真央くんとふたりきり。流れる沈黙《ちんもく》が鉛《なまり》のように重い。

「……あ、あの」

なにも話さないのもどうかと思って口を開くけれど、すぐに後悔する。だって話すことがない。

どうしよう……と目を泳がせていれば、視界に入った洗濯物。

「それ、そんなに重たいの？」

「…………」

返ってくるのは、やはり沈黙。

ですよねー、と思いながら、洗濯物を指差した右手は力なく下りていく。気まずい空気をさらに気まずくしただけの自分に泣きたくなった。

どうしてこうも人と関わるのが苦手なんだろう。ちょっと前まで普通にできていたはずなのに。

閉めきった窓、こもる熱気。酸欠になりそうだと思いながら流した汗。忘れたいのに忘れられないあの記憶《きおく》が、ぐるりと頭の中を駆け巡る。

やっぱり、私には――。

そのとき、ふっと空気が揺れて、我に返る。視線を動かせば、ずいと差し出されたカゴ。

「え？」

顔を上げると真央くんが私を見下ろしていて、もう一度押しつけるように、洗濯物が入ったカゴを差し出してくる。

……これはいったいどういうことだろう。『持て』ってこと？

この状況《じょうきょう》がいまいち理解できない。でも、考えるより先に腕が動いた。

恐る恐るカゴを受け取る。私が両手で持ったのを確認して、真央くんはすっと手を離した。

「あ、思ったより軽い……」

無意識のうちにこぼれた言葉。

想像していたよりも重くない。じゃあ、どうして真央くんはあんなに嫌そうにしていたんだろう。

そこまで考えて、ふと気づく。

もしかして真央くんは、『重たいの？』と問いかけた私に答えようとしてくれたのだろうか。

「ねえ、真央く……っ」

カゴからバッと視線を上げて、息を吸い込んだ。『質問に答えようとしてくれたの？』と聞こうとして、開いた口はその瞬間、動きを変える。

「うわ、くっさ！」

鼻腔《びくう》を通っていった汗と泥《どろ》の匂いに、思わず大声を上げる。両腕を伸ばしてカゴと距離をとり、顔を背けた。

これか！　不機嫌の原因はこの匂いか！

今なら不機嫌になった真央くんの気持ちがとてもよく分かる。同情しつつも顔をしかめながら隣に立つ美青年を見上げると……。

「……へ？」

半開きの口から、間抜けな声が落ちた。

私を見下ろしていた真央くんが、フンと鼻で笑ったような気がした。
「え、わ、笑……」
初めて見た真央くんの柔らかい表情に、目が釘づけになる。
「葵いぃ！　撤収だ撤収！」
ぽかんと口を開けて驚いていれば、突然聞こえてきた大きな声。ハッと我に返って
そちらへ顔を向けると、日向先輩が紫苑先輩をずるずると引きずりながら、大股の早
歩きでこっちに向かってくる。
「あ、撤収、えと、はい」
どうしてそんなに必死なんだろう、と思って首をかしげれば、紫苑先輩がおかしそ
うに笑う。
「葵ちゃん、素直すぎるわ」
「へ？」
「汗臭《くさ》さは努力の結晶《けっしょう》だっつーの！　ほら、次行くぞ！」
日向先輩にそう言われて、自分の犯した失態に気づく。ゆっくり目を動かすと、心
なしか元気を失ったようにラグビー部の部長さんが自分の服の匂いを嗅《か》いでうなだれ
ていた。
「うわわわわ、ごめ、ごめんなさい！　全然大丈夫《だいじょうぶ》です、無臭《むしゅう》です無臭！」

「気を遣わせてごめんな、新入りちゃん……」

フォローすべく慌てて言葉を並べてみたものの、部長さんはうなだれたまま私たちに背を向けた。

「い、いや、あの、ちょっと待ってくだ――」

「そんだけ大きい声出るならもっと出せよなー。ほら行くぞ、こんにちは洗濯部でーす！」

部長さんを引き留めようと声を張った私の背中をトンと押して、日向先輩はラグビー部をあとにする。

ちゃんと謝れていないのに、と思いながら日向先輩の後ろを歩く。カゴを抱え直すと、また強烈《きょうれつ》な匂いが鼻を刺激《しげき》してきて、思わず顔をキューッとしかめた。

そんな私を見て、サングラスをかけ直した紫苑先輩はクスクスと肩を揺らし、真央くんは素知らぬ顔で最後尾《さいこうび》を歩いている。

それにしても、こんなに声を張り上げて活動しているというのに、洗濯部の存在自体に気づいていなかった自分に少しあきれる。よっぽど周りに興味がなかったのか、気にしている余裕さえもなかったのか。どちらにしろ、あの日あの時あのタイミングで掲示板の前に私がいなければ、洗濯部に関わることはなかっただろう。

そう考えると、この洗濯部という部活が不思議で奇妙《きみょう》なものに思えて仕方なかった。

「サッカー部のみなさん、こんにちは！　洗濯部です！」

私がぼんやり考え事をしているうちにたどり着いたのは、グラウンドの一番奥で練習をしているサッカー部。日向先輩が声をかけると、部員たちは一瞬動きを止めて、しかし何事もなかったかのように再び動き出した。

「……え」

ぽかんと口を開けて目を見張る。ラグビー部のときと比べて、私たちが歓迎されていないことは明らかだった。

しかし日向先輩は特に気にする様子もなく、マネージャーと思《おぼ》しき女子生徒のほうへ向かう。

「こんにちは。洗濯物、ありませんかー？」

「……あの、いつも言ってますけど、うちはそういうの大丈夫なので」

マネージャーさんはそっけなく言って、日向先輩から目を逸らす。

この状況はいつものことなのか、日向先輩はその扱《あつか》いにも慣れたように笑顔を見せた。

「もしなにかあったら気軽に言ってください！　俺ら洗濯のプロなんで！」

「……ああ、はい」

マネージャーさんは小さくうなずいて、そそくさとその場から去っていく。

日向先輩はくるりと踵《きびす》を返して私たちのところに戻ってきた。

「じゃ、次行くかー！」

「えええっとあの、え、あの」

「いつものことよ。強豪《きょうごう》サッカー部さまは、私たちに関わりたくないんだって。それに……」

日傘をくるくると回しながら、紫苑先輩が言う。サングラスの奥の瞳はどこを向いているのかよく分からない。

「私がいるから」

「……え？」

ポツリと落とされた紫苑先輩の声。聞き取れず首をかしげると、「なんでもない」と紫苑先輩は笑った。

「三浦！」

最後にやってきたのは、陸上部。日向先輩が挨拶するよりも先に私たちに気づいたひとりの男子生徒が、よっと手を上げてこちらに走ってきた。

半袖《はんそで》のTシャツに半ズボン。こんがり焼けた脚《あし》は、キレイに筋肉がついている。

「よお村瀬《むらせ》、なにか洗う物ない？」

「俺らは洗濯してもらう物、全然ねーよ」

『村瀬』と呼ばれた男子生徒は、「お前、それくらい分かってるだろ」と日向先輩に言う。その様子から見て、村瀬さんは日向先輩の友だちなのだろう。

「まあ、そうなんだけど。一応な！」

「あっそ。……あれ、見ない顔だな」

不意に村瀬さんの視線が私のほうを向いた。慌ててペコリと頭を下げると、村瀬さんはニコッと笑って、あろうことか私の目の前までやってきた。

「新入りちゃん？　一年？」

あまりの爽《さわ》やかさに目がやられる。前髪を伸ばしていてよかった、と心の中で息を吐きながらコクコクとうなずく。

「名前は？」

「あ、えと、と、戸田葵です」

「葵ちゃん。俺は陸部二年の村瀬っていいます」

よろしく、と笑顔で言われて、私はまたコクコクとうなずいた。

「紫苑さん、もうそんな日焼け対策してるんすか」

「春の紫外線をバカにしてんじゃないわよ。あんた既に茶色いじゃない」

「あは、確かに。つーか真央くん、葵ちゃんにアレ持たせてんの？　鬼畜《きちく》だなー」

「…………」

紫苑先輩や真央くんにも気さくに話しかけていく村瀬さん。どうやらこれもいつものことらしく、村瀬さんは真央くんにスルーされてもまったく気にする様子がない。

そして自分が持っているカゴの存在を再認識してしまった私は、その強烈な匂いにまた息を止めた。

「おーい村瀬、バトンパスするぞー」

そこへ聞こえてきたのは、遠くから村瀬さんを呼ぶ陸上部の人の声。

「今行きまーす」

村瀬さんはそれに手を上げて返事をしながら、日向先輩に向き直る。そしてなにか言いたげに日向先輩の顔を見つめて、考え込むように腕を組んだ。

どうしたんだろうと思いながら、ふたりの様子をうかがっていると、村瀬さんは意を決したように口を開いた。

「なあ三浦、お前さ――」

「呼ばれてんだろ、早く行けって」

しかし、日向先輩は村瀬さんの言葉をさえぎって、急かすように肩をたたく。

すると、それまで笑顔だった村瀬さんの顔が急に真剣《しんけん》になって、空気が変わった。

「いつまでそこにいるつもりなんだよ。本当は――」

五月の涼しい風が吹く。私の長い前髪が横になびいて視界が開けた。

「いやー、俺、洗濯に情熱注いでるからさ！　あんま他のこと考えられねーんだよな！」

この場の空気にそぐわない明るい声。村瀬さんが言おうとしている〝なにか〟を、日向先輩は拒《こば》んでいるみたいだった。

「……三浦」

「悪いな！　村瀬が俺のこと大好きなのは分かったからさ！」

「ああ!?」

だれが大好きだ、とあきれたように村瀬さんが言う。日向先輩はケラケラと笑いながらその背中を押した。

「ほら、早く行けよ」

「あー……、そうだな。じゃあまた」

私たちに手を振って、軽やかに走っていく村瀬さん。

その後ろ姿を見送る日向先輩がどんな顔をしていたのか、私には見えなかった。

涙の昼練

五月十五日
特になし。
——真央

＊＊＊

ぐわんぐわんと低く響く洗濯機の音。青い空とパタパタはためく洗濯物。

紫苑先輩は私の隣で優雅《ゆうが》にハーブティーを飲んでいる。

「こら真央、日誌をちゃんと書けって何回も言ってるだろ」

「…………」

「はい、無視！　お願いだから無視すんな！」

日向先輩は広げた日誌を差し出して真央くんにつめ寄っているけれど、真央くんは華麗《かれい》にスルーしてスケッチブックに鉛筆を走らせている。

そんなふたりの様子を横目に、私はあくびを噛み殺しながらパイプ椅子に腰掛けて、洗濯機が終わりを告げるのを待っていた。

洗濯部の一日は、七時半に部室に集まって〝朝練〟をするところから始まる。前日の放課後にグラウンドや体育館を回って集めた物を洗濯機に放り込み（汚れがひどい物や洗濯機に入れてはいけない物は手洗いをするらしいが、私が入部してから一週間、手洗いをしたことはまだない）、洗い上がったらベランダに干すまでが朝練での作業工程だ。

それに加えて、日替《ひが》わり当番制の〝昼練〟もある。朝練で干した物が乾《かわ》いていれば昼休みに取り入れて、アイロンをかけたり畳《たた》んだりする。冷蔵庫に貼ってある当番表によると、今日の当番は私だった。

初めの数日は朝起きるのもつらかったし、グラウンドで大声を出して洗濯物を回収するのも恥ずかしかったけれど、洗濯している間は余計なことを考えないで済んだし、真っ白になった洗濯物を干していると、ちょっとしたモヤモヤがすっきりした。

これまで私は息をひそめるように一日を過ごしていたけれど、こうして洗濯部の活動をすることで、学校という場に自分の居場所ができたような気がしていた。

「あら葵ちゃん、ここ寝グセ？」

「……えっ？」

ぼんやりと考え事をしていると、不意に隣から手が伸びてきて、紫苑先輩が私の前髪をさわった。いきなりのことに驚いて身を引くと、パイプ椅子がガタッと大きな音を立てた。その音に、日向先輩と真央くんの不思議そうな視線が向けられる。

　大したことでもないのに注目を浴びてしまって、恥ずかしくて肩をすくめれば、紫苑先輩の手はゆっくりと離れていく。

「ごめんなさい、いきなりだと驚くわよね」

「あ、いや、大丈夫です」

　申し訳なさそうに眉《まゆ》を下げた紫苑先輩に、慌てて首を振る。私がちょっと大げさに反応してしまっただけで、紫苑先輩はなにも悪くない。

「今朝、ちょっと直す時間がなくて……」

「そっかそっか」

　少し気まずくなった空気を変えようと、ぴょこんと跳ねた前髪をさわりながら言い訳をしたところで、ピーピーピーとベランダにある洗濯機が止まる音が聞こえた。

　ナイスタイミング、と心の中でガッツポーズをしながら立ち上がる。同時に、日向先輩に怒られていた真央くんも、逃げるようにベランダへ出ていった。

「そうだ日向、私、今日の放課後は休むわ」

　私たちから少し遅れてベランダへ出た紫苑先輩が、ふと思い出したかのように言った。今日はキレイな黒髪をふたつに結んでいて、いつもより丁寧に化粧《けしょう》が施《ほどこ》されている。

「あー、了解《りょうかい》っす！」

笑顔で返事をした日向先輩に、紫苑先輩は「ありがとう」と小さくつぶやいた。

紫苑先輩はときどき、放課後の活動にいないことがある。そういう日はラグビー部の部員さんたちが、目に見えてシュンとしているのだった。実は運動部は、基本的に部室に洗濯機が設置されているのだが、ラグビー部は紫苑先輩目当てで無駄に洗濯物を提供してくれるのだ。

そんな日々を過ごすうちに、なんとなく分かってきたことがある。

日向先輩は洗濯部の活動に全力を注いでいる。

真央くんは教室に行っていない。

紫苑先輩は放課後に休むとき、いつも以上にかわいくしている。

そしてこの洗濯部では、その理由をあえて聞くようなことはしない。だから、私がいつも〝黒いケース〟を持ってここに来ることにも、だれも深入りしてこない。

それが今の私にとっては、すごく居心地がよかった。

「よっし、それじゃあ今日も朝練始めるぞ！」

洗濯機からすべての洗濯物を取り出したことを確認して、日向先輩がこぶしを突き上げる。

「お、おおー……」

　私もつられてこぶしを上げたものの、やっぱり恥ずかしくて小さな声になってしまった。ちなみに紫苑先輩はあくびをしていて、真央くんに至ってはその場にしゃがみ込もうとしている。

「おーい、シャキッとしろ、シャキッと！　適当な気持ちでやってたら伸びるシワも伸びねーぞ！　今日は〝掛け声〟やるしかねーな！」

　そう言いながら、日向先輩はさっき洗い終えたばかりの洗濯物をカゴの中から一枚ずつ取り出して私たちに配る。その際、日向先輩に背中をバシッとたたかれた真央くんは、渋々といった様子で背筋を伸ばした。

　ひとり一枚、洗濯物を持ったことを確認して、私たちはカゴを中心に四人で円を作る。湿ったタオルを持った私の正面には日向先輩、右側には紫苑先輩、そして左側には真央くん。

「いいか？　足は肩幅に開いて腕はしっかり伸ばして、いつもの掛け声で上から下に振り下ろす！　掛け声の順番はいつも通り、紫苑先輩で俺で葵な！」

「毎回言われなくても分かってるわよ」

　日向先輩の気合いの入った指示に、紫苑先輩は呆れたように笑う。

　私が〝掛け声〟をやるのは今日で二度目だ。今日こそは声が裏返らないように、と咳払いをした。

「じゃあ、いくぞー!」

せーの、と日向先輩が合図する。タオルの端と端を持って、私は腕を上げた。

「今日も」

「はためけ!」

「せ、洗濯部……」

紫苑先輩のハスキーな声、日向先輩の力強い声、そして私の声。

それに合わせて私たち四人は一斉に腕を振り下ろす。洗濯物がバサッバサッと、掛け声とともに音を立てた。

「ちゃんとシワは伸びたかー?」

そう尋ねてきた日向先輩にうなずきながら、私は持っていたタオルをピンと張られたロープに引っ掛ける。このロープがなかなか高い位置に張られているため、私はこのとき少しつま先立ちをしなければいけない。

湿っているタオルの重みで、ロープが跳ねるように上下に動くのを左手で押さえて、膝がプルプル震えるのを感じながら二か所に洗濯バサミを留めた。

これを二枚目、三枚目と繰り返し、四人である程度干したところで「もうすぐ予鈴も鳴るし、そろそろ教室行くか」と日向先輩の声がかかったときだった。

ガラッと勢いよく開いたドア。驚いてそっちを見ると、よく知った人物が息を切らして立っていた。

「これ、洗濯、お願い」

はあはあと肩で息をしながら、養護教諭のまゆみちゃんこと古賀先生が差し出してきたのは、白いシーツ。

仕方なさそうに真央くんが受け取ると、古賀先生はふわっと笑う。

緩く巻かれた茶色の髪と、ふんわりとした白い膝丈のスカート。どう見ても二十代としか思えない古賀先生は、こうして保健室の洗濯物を持ってきたり、たまにお菓子《かし》を持ってきたりして、私たちの様子を見に来てくれる。

「みんな調子はどう？　あ、戸田さん、もう慣れた？」

「はい、おかげさまで……」

「それはよかった。保健室も部室も好きなときに来ていいからね。なにかあったら、私のところへおいで。じゃあ、私は職員会議だからもう行くわね！」

流れるようにそう言って、古賀先生は嵐《あらし》のように去っていく。

「……あれ、本当は何歳《なんさい》なのかしらね」

「謎《なぞ》だな」

先輩ふたりが首をひねりながら笑って、「じゃあ、俺らも行こうか」と私の背中を押す。

　真央くんだけを残し、私たちは三人そろって部室を出た。


　――キーンコーンカーンコーン。

　四限目の授業終了を知らせるチャイムが鳴る。教室から出ていく古典の先生と、ガタガタと立ち上がる生徒たち。

　昼休みが来た。

　教室でぼっち飯をする勇気のない私は、いつもならどこで食べようかと迷うところだけれど、今日は昼練がある。行くべき場所があることにホッとしながら、『お昼は部活の友だちと食べている』という私の言葉を信じて毎朝お母さんが気合いを入れて作っているキャラ弁を持って立ち上がった。

　私の席は、真ん中の列の一番後ろ。そのうち、前の席の寺島《てらしま》さんの友だちが私の席を使うだろう。

　教室の後ろのドアへ向かうと、廊下側の一番後ろの席に座る、明るい髪色の米川《よねかわ》さんが目に入った。彼女は早々に文庫本を読みながらメロンパンをかじっている。

　髪を染めるのは校則で禁止されているけれど、それを堂々と破る米川さんは、クールな一匹狼《いっぴきおおかみ》という感じ。周りの目を気にしていない姿を、私は少し尊敬していた。

そんな彼女を横目で見ながら、生徒のざわめきであふれる廊下に出た。そのときだった。

「……あ」

ちょうど私の前を通った三人組の女子生徒のひとりがハンドタオルを落とした。とっさに拾って声をかけようとすれば、向こうもそれに気づいたのか、小走りでこっちに向かってくる。

「すみませーん、それ私のです！」

「あ、いえ」

「って、あれ、葵ちゃん」

ハンドタオルを差し出せば、不意に呼ばれた名前。

「へ？」

驚いて顔を見ると、そこにいたのは先月までは何度か話をしていた子だった。その子の後ろから「もう、なにやってんのー」と追いついてきたふたりにも、見覚えがある。サッと少しうつむいて、長い前髪で壁を作った。

「久しぶりだね、元気？」

「うん。……みんなも元気そうだね」

「いやー、うちらはもうクタクタだよー。今度コンクールがあって、一年もオーディションに……」

そこまで言って、目の前の子はハッと口を覆《おお》う。気まずそうに視線を泳がせて、後ろに立つふたりに助けを求めるかのように振り向いた。

なんともいえない空気と、気を遣わせてしまっているという罪悪感で、いたたまれない気持ちになる。

「そうなんだ。みんな頑張《がんば》ってね」

「え、あ、葵ちゃん」

「じゃあ」

なにか言いたげな三人の視線から逃げるように足を踏み出す。

一歩、二歩、三歩。どんどん加速していく自分の足につられて、大きくなっていく心臓の音。

ちゃんと笑えていただろうか。いや、でも噛まずに話せたからよかったかな。

膨《ふく》れ上がっていく自己嫌悪《けんお》に蓋《ふた》をしながら、早足で廊下を歩く。

こんなにごちゃごちゃ考えずに人と話せていた自分に戻れるなら戻りたい。でも、戻り方が分からない。

そんなどうしようもない想いを抱《いだ》きながら窓の外へと視線を向ければ、朝は降っていなかった雨がポツポツと降りだしていた。

五号館二階奥の空き教室。ガラッとドアを開けると、そこにいるはずの真央くんの姿はなかった。

不思議に思いながら視線を巡らせれば、既にベランダで洗濯物を取り入れ始めているのが見えて、私も急いでベランダへ出た。

「……こ、こんにちは」

色素の薄い瞳がこっちを向いたのを感じてぎこちなく挨拶をすると、真央くんもペコリと頭を下げる。

「それ、あの、ありがとう。私も持つよ」

男の人にしては細い腕にたくさんの洗濯物がかかっているのが見えて、私は手伝おうと手を伸ばす。

真央くんは隣に立った私をチラリと見て、洗濯物の四分の一ほどを私に差し出した。

真央くんが持っている量と私に渡してきた量が明らかに違いすぎて、「えっ」と声が出た。

「……あの、これだけ？　私、もっと持てるよ？」

そう申し出てみるものの、真央くんは気にする様子もなく、まだロープにかかっている洗濯物を集めていく。

まだ乾ききっておらず湿《しめ》っている洗濯物はそれなりに重みがあるけれど、その細い腕で難なく取り入れていく真央くんはやっぱり男の人なのだなあと思いながら、私もロープにかかっている物を外していった。

教室に張ってあったロープに、乾ききっていない洗濯物をかける。

「こ、これで全部かな」

確認するように問いかけると、真央くんは小さくうなずいて、仕事は終わりだと言わんばかりにスケッチブックを広げ、窓際のパイプ椅子に座った。

その切り替えの速さに少し驚きつつも、私はふっと息を吐いて、机の上に置いてあったお弁当の包みを広げる。ぱかっと蓋を開けると、現れたのは癒《いや》し系のクマのキャラクター。

「わあ、また凝ってる……」

くすっと笑いながら、醤油で茶色く色づいた丸いおにぎりと、その上に乗るノリを観察する。隣には卵焼きで作った黄色い鳥がいて、ブロッコリーとミニトマトの間にこぢんまりと収まっていた。

手帳型のスマホケースを開いて、写真を撮《と》る。【いただきます】というメッセージと共にお母さんへ写真を送ると、すぐさま嬉しそうなスタンプが返ってきた。

お母さんは、せっかく作ったキャラ弁が学校に持っていく間に崩《くず》れていないか気にかかるらしい。パート先のお昼休みと学校のお昼休みの時間がかぶっているため、こうして写真を送ると、ほぼ毎回瞬時にスタンプが返ってくる。

前に一度、顔がアンパンのヒーローのほっぺたが散乱したお弁当の写真を送ったときには、あまりにショックだったのか、なにも返ってこなかったこともあったな。

そんなことを思い出しながらミニトマトを食べていると、またピコンとメッセージが届く。なんだろう、と開いてみれば、【楽しいお昼休みをお過ごしください】となぜか畏《かしこ》まったメッセージ。

いやいや、なんで『よいお年を』みたいなテンションなのよ。

「……ふっ」

お母さんの天然ボケに、思わず息がこぼれた。一度こぼれたそれはなかなか止まることがなく、だんだんと苦しくなってくる。

「ふ……う、ふふっ……ふっ、うっ」

みんなに気を遣わせてしまったこととか、突然雨が降ってきたこととか。いい歳《とし》してキャラ弁づくりに力を入れているお母さんが、毎朝すごく早い時間に起きていることとか。楽しいお昼休みを過ごしているはずの娘《むすめ》がぼっちでキャラ弁を食べていることを知ったら、お母さんはどう思うのだろう、とか。

いろんなことが重なった今の私には、それを止めることができなくて。笑うために出てきた吐息が、いつの間にか嗚咽《おえつ》に変わる。前髪だけでは隠しきれない涙を隠すように、パイプ椅子の上に足を乗せて、膝に額をくっつけた。

ぽつぽつと降っていた雨は、次第にバラバラと音を立てながら窓をたたく。お腹の奥が鳴ったようなゴロゴロという空の音が時折聞こえた。

「うっ、ううー……」

うまくいかない。うまくできない。もどかしい。どうにかしたい。でも、できない。

ぐるぐると感情が混ざって、喉の奥が焼けるように熱い。唇を噛んでも、すべてを吐き出すような熱い息が漏《も》れる。

ギュッと縮こまりながら自分の肩を抱《だ》いていると、不意に隣の空気が揺れた。

「……え」

顔を上げると、机の上に置かれていた箱ティッシュ。いつの間にか隣のパイプ椅子に座っていた真央くんが、顔は前を向いたまま、それを押しつけるように私のほうへと滑らせた。

……びっくりした。

まず、ここに真央くんがいたことを忘れていてびっくりした。そして、真央くんが隣に座るなんて思ってもみなくてびっくりした。しかも、箱ティッシュまで渡してくれるだなんてびっくりした。

びっくりの連続に気が抜けて、さらにくしゃりと顔が歪《ゆが》む。遠慮なくティッシュをもらって涙を拭《ふ》いて鼻をかんで、またあふれてくる涙を受け止めた。

私が泣いている間、真央くんはただ隣に座って、いつものように絵を描いていた。

直接的になぐさめられているわけではないのに、それがじんわりじんわり心にしみて、温かいお味噌汁《みそしる》を飲んだみたいな気持ちになる。

シャッシャッと鉛筆が走る音を聞いていると、だんだん涙が落ち着いてきて、ふうと息を吐けば随分と楽になっていた。

「……中学で、吹奏楽、やってたの」

気づけば、ポツリとつぶやいていた。

真央くんは一瞬手を止めて、また鉛筆を走らせる。

「トランペットっていう楽器をやっててね。私、けっこうその……上手だったの」

自分で『上手』とか言って引かれないかな、と一瞬思ったけれど、真央くんはそんなことは気にしなそうだと思い直して口にする。

お箸《はし》で、クマの顔をしたおにぎりを割る。ひと口食べると、ほのかに醤油の味がした。

「……でも、吹けなくなっちゃったんだ。……怖くて」

ふふっと自嘲《じちょう》するような笑いが漏れた。

でも、真央くんは笑わない。ただじっと、隣に座っているだけだ。

「仲よかった子たちとも、なんとなくよそよそしくなっちゃって」

避けられたわけではない。どちらかというと、私が避けた。私にどう関わっていいか迷っているみんなに気を遣ってほしくなくて、距離を置いた。

前髪を伸ばし始めたのは、ちょうどその頃《ころ》からだった。

「『戻ってくるのを待ってるよ』って言ってくれたり、手紙を書いてくれたりする子もいたんだけど、それも私が拒否して」

何度も何度も、吹いてみようと試みた。でも、いざ手に持つと指が震えて、唇が動かなかった。

「そういえば、私がトランペットを吹いてる絵がゲタ箱に入ってたこともあったな。あまりにも上手すぎて嫌味かと思っちゃったけど……って、ごめん。しゃべりすぎた」

視線はキャラ弁に向けたまま謝る。もちろん隣からの返事はない。

こんな話を聞かされて、真央くんはきっと迷惑に思っているだろう。

お箸でブロッコリーをつまむ。もそもそと口を動かして、ゆっくり飲み込んだ。

お母さんに言った、部活の友だちと食べているというウソが、今日は本当のことになったな。そういえば、真央くんはもうお昼ご飯を食べたのかな。

「ねえ、真央くんは——」

『もう食べたの？』とふと浮かんだ疑問を口にしようと隣を見て、言葉を失った。

色素の薄い瞳はまっすぐ私を見ていて、キメの細かい肌の上を、雨粒《あまつぶ》のような涙が滑り落ちていた。

あまりにもキレイな泣き顔に、時間が止まったような音が消えたような感じがして、胸の奥がギュッと締《し》めつけられた。

どうして真央くんが泣いているのか、お昼ご飯はもう食べたのか。聞きたいことはあるのに、口を開くよりもその涙を見ていたいという気持ちが勝る。

真央くんは私を見たまま、やがてゆっくりと口を動かした。

「……っ」

ヒュウと息を吐き出した音がする。

『ごめん』

そう言っているように見えたのは、気のせいだろうか。

そのとき、急に聞こえてきた慌ただしい足音に、ハッと我に返る。入口へと顔を向けると、なにやら話し声と共に足音がだんだんと近づいてくる。

隣に座っていた真央くんが立ち上がったのとほぼ同じタイミングで、ドアが開いた。

「……真央っ！」

ガラッと大きな音と共に、甲高《かんだか》い声を上げて部室に飛び込んできたのは、四十代後半くらいの女の人。私がえっと思う間もなく、その女性は真央くんの姿を認めると、勢いよく真央くんに抱きついた。

「真央、まお、私の真央っ」

「困ります、遠藤さん！」

聞き覚えのある声が聞こえたと思ったら、後ろから追いかけてきたのだろう、息を切らした古賀先生が部室の中に入ってきた。そして、女性の両肩を掴んで真央くんから引き離そうとする。

あまりの衝撃に声が出ない。ぼうっとしながらその様子を眺めていると、さらにもうひとり、四十代後半と思われる男性が入ってきた。

「おい！　急に抜け出したりしてどうしたんだ、帰るぞ！」

「真央、元気？　ご飯はちゃんと食べてる？　寂《さび》しくない？」

畳みかけるように真央くんへ問いかけるその女性。

「遠藤さんっ！」

「ああ、こんなに大きくなって、ねえ、この絵は真央が描いたの？　やっぱりあなたはママに似て才能があるのね」

「ほら、帰るぞ！」

「真央！　真央！」

古賀先生と男性によって無理やり真央くんから引き離された女性は、うわごとのように真央くんの名前を呼ぶ。髪を乱しながら真央くんへと手を伸ばしている彼女を、古賀先生と男性が引きずるように廊下へと連れていった。

呆気にとられながら、嵐のように去っていく三人の姿を見つめる。

……え？　えーっと、今のはいったいなんだ？

混乱する頭の中を整理しようとしてみるけれど、どうにもまとめることができない。

ただひとつ思うのは、隣で何事もなかったかのように絵を描き始めた真央くんのこと。

女の人に抱きつかれたとき、彼の瞳からいっさいの感情が消えたように感じたのは、どうしてだろう。

「……真央くん」

そう呼びかけてみたものの、真央くんはスケッチブックから目を逸らすことなく、手を動かし続けている。

バラバラと窓をたたいていた雨が、サーと遠ざかったような音に変わる。

お母さんが気合いを入れて作ってくれたお弁当に視線を落とすと、顔が崩れたクマが私を見ていた。

それから、遠くでお昼休み終了のチャイムが鳴るまで、私はじっと動けずにいた。

年上の新入部員

五月十六日　くもりのち小雨
昨日は昼から雨が降って外の部活が屋内練習になったりしたので、今日は洗濯する物が少なかったです。

あと、突然後輩（？）ができてびっくりしました。

それから、他にもいろいろと、びっくりしました。

――葵

＊＊＊

それはあまりにも突然の出来事だった。

「というわけで、新入部員です！　拍手《はくしゅ》！」

「いやいや、ちょっと待ってください！」

いつもと変わらない笑顔で高らかに言った日向先輩を思わず制する。

「なにか問題でもあるか？」と不思議そうに日向先輩は首をかしげるけれど、問題大ありである。

「め、めちゃくちゃ嫌そうな顔してるじゃないですか！」

日向先輩の隣に立っている、否、逃げないようにしっかりと腕を掴まれている背の低い男子生徒。眼鏡をかけた、いかにも神経質そうな彼は、忌々《いまいま》しげに部室を見渡してため息をついていた。


——事の起こりは数分前。

「はい出欠とるぞー！　紫苑先輩！」

「はーい」

「真央！」

「…………」

「無視はやめて！　せめて挙手して！　それから葵！」

「は、はい！」

「そして日向！　はい！　全員出席！」

「これ、毎日する必要ある？」

赤いグロスを塗り直しながら問いかけた紫苑先輩に対し、「出欠確認したほうが部活っぽいじゃないすか」と日向先輩が返す。

私はそれを聞き流しながら、窓際にいる真央くんを見た。

いつもと同じようにパイプ椅子の上で三角座りをして、膝の上にスケッチブックを乗せている真央くんに、私は結局なにも聞けていない。

昨日のごたごたは、私的にはなかなか大きな事件だったと思うけれど、どこから聞けばいいのか、そもそも聞いていいものなのか、考えているうちにすっかりタイミングを逃していた。

「って、ヤバ。教室にスマホを置いてきた！　ちょっと取りに行ってくる！」

そう言って、突然部室を飛び出していった日向先輩。

「じゃあ、日向が戻ってくるまでお茶しましょ。今日、チョコレートを持ってるんだけど、三個しか残ってないからどうしようって思ってたのよね。いない間に三人で食べちゃお」

「わあ……！」

紫苑先輩の素敵な提案に目を輝かせていれば、視界の端で真央くんが立ち上がる。

どうしたのかと思っていると、真央くんは棚のほうへ一直線に歩いていく。そして、棚の一番下から電気ケトルを取り出すと、その中に水を入れ始めた。

「なんか、真央くん嬉しそうですね……？」

「ああ見えて、かなりの甘党なのよね～」

「そうなんですか!?」

意外すぎる……!

新たに知った一面に驚いていると、真央くんは私たちのほうを振り向き、コーヒーと紅茶のパックを掲げて見せた。

「私はコーヒー」

「あ、えっと、じゃあ私もコーヒーで……」

コーヒーも紅茶も苦手だけれど、せっかく聞いてくれたのに断るのも悪いし、と思いながら頼む。

すると真央くんはじっと私を見つめた。

「……え、な、なに?」

ぎこちなく聞けば、ふいと視線は外される。

その仕草に疑問を抱きながらも真央くんがいれてくれるのを待っていると、隣で紫苑先輩がくすりと笑った。

「え?」

「んーん、なんでもない」

そんなやりとりをしている間に真央くんが三人分の飲み物を机の上に置いて、私の斜《なな》め前に座る。私の前に置かれたのは、なぜかオレンジジュースだった。

驚いて真央くんを見ると、紫苑先輩からもらったチョコレートをなに食わぬ顔で食べている。

「ま、真央くん！　……あ、えっと……」

勢いのまま声をかけたけれど、顔を上げた真央くんになにを言えばいいのか分からなくて、口をまごつかせる。

私、コーヒーって言ったのに、どうして分かったの？　本当はコーヒーも紅茶も苦手だって、言ったことないよね？

ぐるぐると頭の中をいろんな言葉が駆け巡る。そのどれを選ぶべきか自問自答している間に、真央くんの眉がだんだん寄っていく。

えーっと、えっと、こういうときは、えっと……。

「あ、……ありがとう」

考えすぎて分からなくなった私は、結局ただそれだけを音にした。

真央くんは目を大きく見開いて、それからコクンとうなずく。

隣に座っていた紫苑先輩がトンと私の肩をたたいて笑ってくれて、よかった、間違えなかった、と私はホッと胸をなで下ろす。

人と関わらないようにして過ごしているうちに、いつの間にか分からなくなった言葉の選び方や会話のテンポ。それを少しだけ掴めたような気がして、なんだか心がふわっと軽くなった。そのとき……。

「みんな、集合！　……って、なにをお茶してんだ！　あ、チョコ！」

勢いよく開いたドアと、思っていたよりも随分早く戻ってきた日向先輩。

「日向の分はないわよ」

すかさず紫苑先輩が言う。

「なんで⁉」

とっさに隠したチョコレートはめざとく見つけられてしまって、なんとなく申し訳なくなる。だからといって、チョコレートを譲《ゆず》る気はないのだけれど。

「……ていうか、その人どうしたの？」

紫苑先輩が首をかしげる。サラリと長い黒髪が肩から落ちた。

「ああ！　さっき出会ったんだ！」

嬉しそうに笑って、日向先輩がだれかの腕を引きながら部室に入ってきたのだ――。


「え、で、だ、だれなんですか？」

「だから新入部員だって！　葵、お前に後輩ができたぞ！」

「い、いや、あの……三年生ですよね？」

日向先輩にしっかりと腕を掴まれている男子生徒の上履きに入っているラインは、

三年生を示す緑色だった。

　恐る恐る男子生徒に聞けば、返ってきたのはため息がひとつ。その反応にひるんでいると、代わりに隣で紫苑先輩がうなずいた。

「今井康平《いまいこうへい》。私のクラスメイトだわ」

「そ、そうなんですか」

「ね？」と紫苑先輩が声をかけると、眼鏡をかけた男子生徒――今井さんはようやく口を開いた。

「説明してくれないか」

　むすっと紫苑先輩に視線を向けながら、落とされた言葉。その声は明らかに不機嫌で、しかしその中に困惑も含《ふく》まれている。

　説明？　なにを？

　今井さんの言いたいことがいまいち分からず首をかしげると、斜め前に座っている真央くんから視線が飛んできた。〝我関せず〟といった態度の真央くんは、なぜか私を観察するように眺めながらマグカップを口につける。

　いや、よくこの状況で飲めますな、と心の中でツッコミを入れつつも、私もまだグラスに残っているオレンジジュースを口に含んだ。

「いったいこれはどういうことだ？」

そんな私たちには目もくれず、今井さんは紫苑先輩を見据《みす》えて問いかける。

「日向、そんな強引に連れてきたの？」

「いや、掲示板でポスター見てたから、〝そうだ〟と思って声かけたんすけど」

へらりと笑いながら答えた日向先輩に、紫苑先輩は神妙な顔でうなずく。

掲示板で、ポスター。

そう言われて思い出したのは、日向先輩に声をかけられたあの日のこと。

高校でもう一度やってみようと思って吹奏楽部に入ったけれど、結局トランペットを吹くことができなくてやめてしまったのが、四月の終わり。吹奏楽部の子たちとの関係を中途半端に作り上げてしまった私は、もう部活は入らないでおこうと心に決めていた。

避けていたはずの部活。なのになぜ私はあの日、勧誘ポスターが貼られている掲示板の前にいたのだろう。

今でもよく思い出せないことを思い返しながら、私はもうひと口オレンジジュースを飲む。

今井さんは納得がいかないのか、さらに言葉を続けた。

「どうして僕はここにいる？」

「……なにが言いたいのかしら」

紫苑先輩のハスキーな声が、よりいっそう低くなる。

急に空気がピリッとしたような気がして、ぼんやり話を聞いていた私は背筋を伸ばした。

「気づいたら、そこにいたんだ」

今井さんがポツリとつぶやいた。

窓の向こうで、空がうなる。厚い灰色の雲がどんよりと覆い、今にも雨が降りだしそうだ。

チラリと腕時計を見ると、十六時を過ぎていた。私たちがいつも洗濯物を回収しに行くのは、運動部のみんながアップや準備運動をしている時間。そろそろみんなのところを回って洗濯物を回収しに行かないと、本格的に練習が始まってしまう。

そうなるとなかなか声をかけられないし、なによりジャマになってしまう。加えて雨も降ってきたら、さらに回収が困難になることは目に見えている。

だけど、たとえ新入部員がいたとしても強引に出発しそうな日向先輩でさえ、今井さんの言葉にじっと耳を傾けていた。

「掲示板の前に立っていたんだ。……僕は屋上にいたはずなのに」

屋上。その言葉に、ドクンと心臓が大きく音を立てた。

なぜだろう。急にざわざわと、嫌な胸騒《むなさわ》ぎがする。

紫苑先輩と日向先輩が同時に私を見て、困ったようにふたりで顔を見合わせた。

「……そっちかー」

「そっちね」

なに、なんだ？　そっちって、どっち？

頭の上にハテナを浮かべながら、先輩ふたりの顔をきょろきょろと見て首をかしげるけれど、ふたりはただ困ったように笑うだけ。

「まあまあ今井、とりあえず座って？　お茶でもいれるわ」

「先に説明してくれないか」

「せっかちな男はモテないわよ？」

「な……っ！　よ、余計なお世話だ！」

顔を赤くした今井さんを笑いながら、紫苑先輩は立ち上がって棚のほうへと足を進める。さっき沸《わ》かしたお湯が電気ケトルにまだ残っているのを確認して、今井さんへと視線を向けた。

「日本茶のパックは今ちょうど切らしちゃってるから、紅茶かコーヒー、どっちがいい？」

「どっちもいらない、説明を――」

「分かった、じゃあオレンジジュースね」

「……人の話を聞かないのか」

するりと話をかわしていく紫苑先輩に、いらついたように今井さんはため息をつく。

「まあ、いいじゃないっすか！　ささ、座って！」

「いや、だから人の話を」

話の核《かく》には触《ふ》れずに、先輩ふたりはアイコンタクトをとる。

今井さんはそれに気づいてか気づかずか、さらに言葉を重ねる。

「ここはいったいなんなんだ」

そのとき、私の斜め前でガタッと大きな音がした。

驚いて見上げると、どうやら真央くんが立ち上がった音だったらしい。しかも険しい顔をして私を見ている。

「……へ？」

ずんずんと私のほうへ近づいてきたかと思えば、そのまま腕を掴まれる。ぐいっと引き上げるように力を込めた真央くんによって、私の腰は簡単に椅子から離れた。

そのままドアのほうへと進む真央くん。引っぱられるようにして私の足もそちらへと進む。

「え!?　ちょ、ちょっと真央くん。いきなりどうしたの？」

私が真央くんに聞いている間にも、今井さんは言葉を続ける。

「五号館なんてこの学校にはないはずだ。それがどうして存在している?」

……え?

ぴたりと一瞬、先輩ふたりの動きが止まった。

それにつられて私の思考回路も停止する。……が、私の腕を引く真央くんが立ち止まることを許してくれない。

「なあ、教えてくれ」

分からない、……分からない。今井さんがなにを言おうとしているのか、真央くんがどうして必死に私を追い出そうとしているのか、先輩ふたりがなにを隠しているのか。

でも、まったく予想もつかないけれど、私はそれを知らなくてはいけないのではないか、という思いが頭をよぎった。

「……っ!」

腕を振り払うと、真央くんが慌てたように振り向いた。その瞳の中に焦りと怒りが見えたけれど、気づかないふりをした。

「ここは〝死にかけ〟が集まるっていう、洗濯部か?」

空がまたうなる。すうっと息を吸えば、雨の降り始めの匂いがした。

「……〝死にかけ〟?」

私の落とした言葉は、だれに拾われることもなく空気に溶《と》けていく。

シンと静まり返った、五号館二階奥の空き教室。

唾《つば》を飲み込むことさえはばかられるその状況を破ったのは、紫苑先輩だった。

「あらやだ、もうこんな時間？」

「……は？」

「日向、あんたが忘れ物したとか言うから、回収しに行く時間とっくに過ぎちゃってるわよ」

「え、……無視？」

すっとんきょうな声を上げて驚く今井さんを見事に無視して、紫苑先輩は持っていたオレンジジュースのペットボトルを冷蔵庫の中にしまう。

いつもはやる気なさげな紫苑先輩がそそくさと動いて、少し開いていた窓を閉めて鍵《かぎ》をかけて回る。

「うわ、マジか！　ていうか俺、結局スマホを教室に置いたままだわ！」

スマホで時間を確認しようとしたのか、制服のポケットに手を入れて、ハッとしたように日向先輩は言った。

「あんた、さっきなんのために出ていったのよ」

「いやー、途中で掲示板の前を通っちゃったもんだから」

「バカね」

そう言ってため息をついた紫苑先輩に、「わあ辛辣《しんらつ》」とつぶやきながら日向先輩はへらりと笑う。

「まあしゃーねーな！　スマホはあとで取りに行くから、とりあえずグラウンド行くか」

「雨、大丈夫かしら」

窓の外を見て、少し心配そうに首を傾げた紫苑先輩。

「ギリ行けるだろ。よし、そしたら……あーっと、今井さんは一応体験入部ってことで！」

日向先輩はそう言いながら、私と真央くんの背中を軽く押して部室から出るように促す。リノリウムの床の上に、五人分の足音が響く。

声をかけられた今井さんは、ここぞとばかりに口を開いた。

「体験もなにも、僕は入部するつもりなんてないし、そんなことをしている時間はないんだが」

トゲのある声が廊下を滑る。

「君だってそうだろう、木村。僕たちは受験生で、もう五月だ。一秒だって無駄にできない」

「あら、随分気が早いのね」

「……君は随分悠長《ゆうちょう》なんだな」

そんな皮肉を向けられても、紫苑先輩はニコリと笑う。

完璧《かんぺき》に計算され尽《つ》くした角度で上がっている口角と、柔《やわ》らかく下がる目尻。小さく顔を傾けると、艶のある黒髪が揺れた。

「とにかく僕は勉強をしないとダメなんだ。こんなふざけたことに使う時間は――」

「なんで？」

心底不思議そうな声が響く。背の低い今井さんと目線を合わせるように膝を曲げて、日向先輩は首をかしげていた。

「なんで……って、当たり前だろう、受験生なんだから。それに、君は知らないかもしれないが、僕は常に学年十位以内をキープしている。先生だって両親だって僕に期待しているんだ。その期待にはちゃんと応えなければいけないだろ」

「でもそれ、苦しくないすか？」

物怖《ものお》じすることなく、ただ純粋《じゅんすい》に思ったことを投げかける日向先輩。

私はその様子を、テレビの向こうで見ているような気持ちで眺めていた。

さっきの今井さんの話は、いったいどういうことなのか。今までの話の流れでなんとなく分かっているはずなのに、それでも私は知らないふりをして思考を巡らせた。

「だから屋上にいたんじゃないすか？」

「そんなわけ……」

口ごもった今井さんに、日向先輩は笑顔を見せる。

「楽しい一秒と苦しい一秒なら、楽しいほうがいいと思うんすけど」

どうですかね?と明るい声が廊下に響いた。

マジメのなにが悪い　―今井康平―

「こんにちは、洗濯部です！　汚れた物はありませんか！　真心込めて洗濯します！」

「こ、こんにちは。せ、洗濯部です」

声を張り上げる部長と、その背中に隠れるようにして歩く女子生徒。

「ほら、今井も声出して」

くいっと引っぱられた袖口。クラスメイトの木村が、その端正な顔をほんの少し崩して笑う。

だけど僕には、この状況をどうにも受け入れられなかった。

「ふざけるな、君だってまったく声を出していないだろう」

戸惑う僕をおもしろがっているような木村の態度にムッとしながら、そう指摘《してき》する。

さらに言えば木村の後ろにいる美青年も声を出していないが、見ず知らずの彼に対して僕が口を出す必要はないだろうと、口をつぐんだ。

「私はいいの、美しいから」

「まったく理解できない」

「あら、理解しようと思ってくれたのね」

揚げ足をとるようにそう言って、いたずらに笑う木村は、一・二年生の間で絶大な人気を誇《ほこ》っている。

木村の〝本当の姿〟を知っている身から見ても、なるほどこれは自分で美しいと言うだけあるな、と思うほどにキレイな笑顔だった。

「それより、これはいったいなんなんだ?」

「なにって? 見てのとおり部活動よ」

僕はこれまで、部活動というものをしたことがなかった。

もともと小柄《こがら》な僕が運動を苦手だと感じるまで、そう時間はかからなかった。どれだけ頑張っても体格のいい相手には敵わない、と小学生の頃には既に悟《さと》っていた。

それからずっと、勉強だけに生きてきた。

中学まではずば抜けて成績がよく、周りからの期待も大きかった。期待されればされるほど、それが自信へとつながった。

運動はできない、だからといって文化部に入る気もなかった僕は、帰宅部同然の家庭科部に身を置いた。実質活動はなく、放課後は塾《じゅく》で過ごした。

勉強すればするほど、顕著《けんちょ》に成績は上がっていく。周りからも一目置《いちもく》かれる。クラスで目立つグループが、宿題を写させてくれと頼みに来る。それが僕の自尊心を満たしていた。

勉強ができなければ、きっとスクールカーストの底辺に属していただろうが、僕は勉強ができたことで別枠《べつわく》扱い、孤高《ここう》の存在になり得たと自負していた。

しかし、高校入試で事態は一変した。

第一志望だった県内一の進学校に落ちた。それだけでも僕にとっては衝撃だったのに、滑り止めで受けたはずのこの高校でも、新入生代表は別の生徒だった。一位であり続けることが自分の価値だったはずなのに、いとも簡単にその価値はなくなった。

勉強しても、勉強しても、勉強しても、一位にはなれない。握りしめていたプライドは粉々になって消えていった。気づけば、ずっと机と向き合っている僕に、宿題を写させてくれと頼みに来るクラスメイトもいなくなった。

周りは言う。『大学入試で取り返せばいい』と。

僕も思う。『世間では最終学歴が物を言う』と。

しかし、こうも思う。『もしまた落ちたら、自分はどう生きていけばいいのか』と。

一年生のときから受験を意識しながら勉強してきたのに、それでも出ない医学部のA判定。周りも本格的に受験勉強をし始めて、じわじわと追い上げてくるのを感じる。焦りでどうにかなりそうだった。

いっそ、ここで終わることができたら。

不意にそんなことを思った。浅はかだ、と自嘲したけれど、足は階段をのぼっていた。

屋上の風が涼しかったのを覚えている。

そして気づけば、僕は掲示板の前にいたのだ。

「……これは部活動っていうより、慈善事業《じぜんじぎょう》だな」

くだらない。洗濯なんて各自ですればいいだろう。わざわざ回収に行って、洗濯して、干して、キレイに畳んで、それをまた渡しに行って。この繰《く》り返しを部活動というのだろうか。

「慈善事業か。確かにそうかもね。でもね、これが意外と楽しいのよ」

隣を歩く木村が、おかしそうに言った。艶のある黒髪がサラッと揺れる。

グラウンドには霧《きり》のような雨が降っている。傘《かさ》を差すか差さないか微妙なところだが、洗濯部の四人は差さずに歩いている。

先頭を意気揚々と歩いている部長、その後ろをびくびくしながらついていく女子生徒、僕の隣で妖艶《ようえん》な笑みを浮かべる木村、そして僕の後ろに壁のように立つ美青年。

〝死にかけ〟が集うとされている洗濯部。

その一員として自分も引き寄せられてしまったことに、僕は戸惑っていた。

「ラグビー部さんこんにちは、洗濯部です！」

部長が明るく挨拶をすれば、野太い声が返ってくる。

「あの、洗濯物ありましぇ……ありませんか……」

途中で噛んだのが恥ずかしかったのか、消え入るような声でラグビー部の部員に話しかける女子生徒。

「紫苑さん、今日も美しいっす！」

「あら、ありがとう」

いつの間にか隣から消えていた木村は、ガタイのいいラグビー部の部員たちに囲まれて笑顔を見せていた。

となると、残っているのはまったく話す気配のない美青年だけ。チラリと見上げてみるが、美青年は僕のことなど気にも留めずに、ただまっすぐどこかを見つめていた。

なにを凝視しているのか、少し気になってその視線をたどる。行き着いたのは、おどおどと洗濯カゴを受け取っている女子生徒。

特におもしろいものでもないな、と思いながらも美青年と一緒にその様子を眺めた。

「新入りちゃん、大丈夫か？」

「だ、大丈夫です。先日はその、失礼しまして……」

女子生徒がそう言いながら頭を下げると、ラグビー部の部長らしき人は笑顔を浮かべながらその肩をたたく。

長い前髪がジャマして、女子生徒がどんな顔をしているのかはよく分からない。けれど、女子生徒の肩に手を置いたままのラグビー部の部長らしき人を、隣にいる美青年が眉を寄せてにらむのを見て、僕は極力この人たちに関わらないでおこうと心に誓《ちか》った。

「じゃあ、それ頼む」

「おっけ、任せとけ！」

「いつも悪いな。ありがとう」

部長同士のそんな会話が聞こえてくる。

不覚にも、その会話をうらやましく思う自分がいた。

だれかに必要とされて、頼まれて、任されて、感謝をされて。僕がそれを経験できるのは、勉強しかなかった。今では、勉強でさえも必要とされることがない。

しかしこの〝死にかけ〟たちは、僕が慈善事業だとバカにしたことを通して、だれかに必要とされる経験をしている。

それが、ひどくうらやましい。だけど、僕もそれをしたいかと聞かれれば、答えは否だった。

「よし、じゃあ次行くかー！　紫苑先輩、行きますよ！」

部長と、洗濯カゴを抱えた女子生徒がこちらへ戻ってくる。

木村は呼ばれているにもかかわらず、だらだらと歩きながら笑顔でラグビー部の部員たちに手を振っていた。

ようやく僕の隣に木村が並んだのを確認して、部長はまた次へと足を進める。

「……君はもう少し部長に協力的になってもいいんじゃないのか」

木村をチラリと見やりながら、僕はその態度を非難した。

「え～？」

「部長が不憫《ふびん》に思えるぞ」

「あんたはマジメすぎるのよ」

部長の後ろをついていきながらつぶやけば、木村はクスクスと笑った。

『マジメすぎる』というのは、人生でよく言われた言葉ベストスリーに入る。そしてその言葉はいつも、あきれたようにかけられるものだった。

「マジメでなにが悪い」

ムッとして言い返せば、さらに木村は笑う。なにがそんなにおもしろいのか分からず首をかしげると、不意に木村は前を歩いていた女子生徒の肩をたたいた。

「葵ちゃん、それ今井に持ってもらおう」

「は？」

なにを言っているのかと思えば、どうやら『それ』とは、女子生徒が持っている洗濯カゴのことらしい。突拍子もないその思いつきに、ますます眉根が寄る。

しかし木村は僕を気にすることなく、女子生徒へと笑顔を向けていた。

「え、あの、でもこれ」

「それけっこう重いわよね〜、せっかくだから手伝ってもらいましょ」

「いや、これはそんなに……」

「体験入部なんだから、体験してもらわないと。実際にやってみないと分からないことだってあるでしょ?」

ね、と微笑んだ木村に、女子生徒は少し迷うような態度を見せる。

なにか言おうとしているようだったが、それよりも僕は自分の心臓の音が気になった。

部活動なんてまともにしたことがない。仲間なんていたこともない。そんな自分が必要とされている。

勉強以外で頼られることが久しぶりで、緊張しているのだろうか。ドクンドクンと自分の耳元で心臓が動いているみたいだった。

しとしとと霧のような雨が辺りをぬらす。

いまだ迷っていた女子生徒は、「ね?」と再度木村に促されて、ようやく僕のほうへと体を向けた。

「じゃあ、あの、今井さん、これ」

お願いします、と言いながら差し出された洗濯カゴ。その中には、色とりどりのビブスが入っていた。

ごくりと唾を飲み込んだ。いつの間にかかいていた手汗を制服のズボンで拭いた。どんな顔をすればいいのだろう、と顔をしかめながら思う。胸にじんわりと込み上げてきた温かさを表情に出してしまえば、意地悪く笑う木村が安易に想像できる。

「……うん」

結局、僕はしかめっ面のまま、洗濯カゴを受け取った。持ってみると、思っていたよりも重たくなくて少し拍子抜けする。

木村はというと、そんな僕の様子を意地悪く笑いながら見ていた。

結局どんな顔をしてもそういう反応をするんだな、と僕は大きく息を吐く。そして、まだドクンドクンとうるさい心臓を落ち着けようと、大きく息を吸った、そのとき。

「うわ、くっさ！」

鼻腔を通っていった汗と泥の匂い。強烈なそれから顔を背ければ、隣から聞こえたハスキーな笑い声。

「ぶふ、わははは っ！」

「え？」

可憐《かれん》な見た目にそぐわない木村の大爆笑《だいばくしょう》に、僕は一瞬、怒るということを忘れた。

しかしその笑い方からして、こうなることを分かっていて提案したのだということを察すると、沸々《ふつふつ》と僕の中にまた感情が戻ってくる。

「……木村、謀《はか》ったな？」

「ふふっ、ぶふふ、あはは」

「笑ってないで、なんとか言ったらどうなんだ」

そう言ってはみるが、木村の笑いは止まらない。もはやあきれてなにも言えず、ため息をつけば、また別の笑い声が聞こえてくる。

そちらに視線を向けると、口元を手で押さえた女子生徒と目が合った。長い前髪で目元が隠れているため、正確に言えば、目が合ったような気がする、だが。

「す、すみませ……ふっ」

そう言って顔を逸らした女子生徒の肩は小刻みに揺れている。気を遣っているつもりなのかもしれないが、それならいっそ思いっきり笑ってくれたほうが、と複雑な気持ちになった。

「ちょっと！　お前ら、なんで立ち止まってんだ。俺ひとりでずんずん進んでバカみたいじゃねーか！　……って、なに笑ってんだ？」

ひとりで先に進んでいた部長が顔を赤くしながら戻ってくる。

状況がよく分からないのか、きょろきょろとそれぞれを見回した部長は、僕が洗濯カゴを持ちつつ顔を背けている様子から、なにが起こっているのかを察したようだ。

「なにしてんだ、紫苑先輩！」

「ぶふっふ、……なに？　私は手伝ってもらったらって言っただけよ？」

「いや確信犯っすよね!?」

汗臭さは努力の結晶って何回言ったら分かるんすか、と部長が木村につめ寄る。その瞬間……。

『楽しい一秒と苦しい一秒なら、楽しいほうがいいと思うんすけど』

部室を出るときに言われた部長の言葉がよみがえる。

言われて初めて、僕は自分が苦しい時間を過ごしていたことに気がついた。それは、ただ勉強自体が苦しかったわけではない。無意識のうちに自分で自分にプレッシャーをかけて、勉強がすべてだと思い込んで、周りが見えなくなっていたからだった。

部長の言う『楽しい一秒』というのは、きっとこういうくだらない時間なのだろう。

「私はね、マジメって素敵なことだと思うわ」

再び歩きながら、不意に木村がつぶやいた。ハスキーな声はまだ少し震えていて、笑いをこらえきれていない。

しかし僕はその声に、不快感は抱かなかった。

「でも、ずっとマジメで肩肘《かたひじ》張ってたら、だれだって生きるのやめたくなるわよ」

両親も、『たまには息抜きでもしたら』と、口グセのように言ってくれていた。でも、そんなことをしたら、さらに一位から遠ざかってしまう。何度そう思ったことだろう。

あれこれ考えながらも、結局、僕はずっと勉強だけをしていた。その結果、屋上へと向かった。そんなことをしなくても、道はたくさんあるということに気づかずに。

「ねえ、こういうのも楽しいでしょ？」

木村が艶のある黒髪を揺らしながら、僕の顔をのぞき込む。

大きく息を吸えば、強烈な汗と泥の匂いに混じって、グラウンドの土の匂いや雨の匂いがした。

僕は素直にうなずく。

すると木村は満足げに笑って、「入部するかどうか、もう答えは出てるんでしょ？」と聞いてきた。

僕はその問いにゆっくりと口角を上げて、首を振る。

「……洗濯部なんて、二度と来ないよ」

そう答えると、前髪の長い女子生徒は驚いたように顔を向け、壁のように立つ美青年はそっと目を閉じ、部長と木村は安心したように笑った。

第二章　髪にクシが通りにくいのは雨の予兆

五号館の秘密

五月二十日　晴れ
超いい天気！
もりもり洗濯すっぞ！
あと紫苑先輩、俺にもチョコください。
——日向

＊＊＊

「葵、そこにあるやつも全部まとめて洗うぞー」

「は、はい」

朝七時半。五号館二階奥の空き教室。

どっさりと置いてあった洗濯物を何回かに分けながら、ベランダに設置されている洗濯機に入れる。洗剤《せんざい》を入れてスイッチを押す日向先輩の隣で、私は空を見上げた。

「今日はいい天気ですね」

白い絵の具を水で薄く溶いたような雲が、キレイに晴れた空にかかっている。まだ朝だから空気は涼しいけれど、きっとそのうち暖かくなるんだろう。

「洗濯日和だな」

隣で日向先輩も空を見上げてうなずく。確かに今日は洗濯物もよく乾きそうだ。

「こんな天気いい日はどっか行きたくなるなー！」

「ど、どっか」

すごくざっくりとした願望だなと思いながら、日向先輩の言葉を繰り返す。

「ピクニックとか行きたくね？　あ、バーベキューもありだな！　つーか肉食いてーな！」

「いや、それお肉食べたいだけじゃないですか」

「バレたか」と日向先輩は歯を見せて笑いながら、私が持っていた洗濯カゴをひょいと奪《うば》って、開けっぱなしだった出入口から部室の中へと入っていく。私も慌ててその背中を追った。

「あ、あの、日向先輩、ありがとうございます」

「葵ちゃん、オレンジジュース飲む～？」

洗濯カゴを棚の上に置いてくれた日向先輩にお礼を言っていると、艶のある黒髪の両サイドを編み込んでいる紫苑先輩が声をかけてきた。

「欲しいです」と素直にうなずいて、その手伝いをしようと隣に立てば、紫苑先輩はふわりと笑う。

「じゃあこれ、真央くんに持っていってあげて」

「わ、ココア……！」

真央くんのマグカップから漂う甘い香《かお》りに思わず喉が鳴った。

「あら、葵ちゃんもココア好き？　ごめん、もうジュースいれちゃったわ」

「や、ぜ、全然大丈夫です、オレンジ好きなので」

申し訳なさそうに眉を下げた紫苑先輩にあわてて首を振る。オレンジジュースは好きだし、いれてもらったのはとても嬉しい。ただ、無性にこういうのを飲みたくなるときってあるよなあ、と思いながら、窓際に座る真央くんの元へと向かった。

「真央くん、これ」

マグカップを差し出せば、真央くんは両手で受け取って、ふうとココアを冷ますように息を吐いた。

真央くんの膝の上に乗ったスケッチブックにふと視線を落とす。

先輩いわく、部室の壁に貼ってある水彩画はすべて真央くんが描いたもので、鉛筆で描いてみて気に入ったものにだけ色を塗っているそうだ。その中から選《よ》りすぐりの絵だけが飾《かざ》られているらしい。

その絵というのもさまざま、風景が描かれたものもあれば、人物が描かれたものもあった。鉛筆の段階では細部まで描き込まれているけれど、色はぼやっと乗っているだけ、というのが真央くんの絵の特徴《とくちょう》である。でもそのぼやっとした色さえも、味があるように思えた。

「あの、今日はなにを描いてるの？」

膝の上のスケッチブックを指差しながら問いかける。顔を上げた真央くんは、私の瞳をのぞき込むようにじっと見た。真意を探るようなその目に、『やっぱりいいです』と言いかければ、不意に真央くんはマグカップを私に差し出した。

反射的にそれを受け取ると、甘い香りがまた鼻腔をくすぐる。すんと鼻をひくつかせれば、真央くんが口を開いた。

『飲、め、ば』

一文字ずつ大きく動いた口。私の都合のいい解釈《かいしゃく》では、そう言っているように思えた。

真央くんは、私がココアを飲みたがっていることに気づいてくれたのだろうか。そうだとしたら、気にかけてくれたことが嬉しくて、心の奥がじんわりと温かくなる。

もしこうやってマグカップを差し出してくれたのが他の人だったら、私は飲みたいという気持ちを隠して遠慮するだろう。でも、相手は真央くんだ。私が今さらウソをついても遠慮をしても、すぐにバレることは容易に想像できた。

「ひ、ひと口もらってもいい……？」

控えめに首をかしげると、真央くんはうなずく。その返答に甘えて温かいマグカップに口をつけると、ココア特有の甘さが広がった。

「おいしい」とつぶやいて真央くんを見ると、スケッチブックを私に見えるように持っていて……。

「……あ」

そこに描かれていた絵に、思わず言葉につまった。

「あら、さすが真央くんねえ」

後ろからからかった声に振り向くと、紫苑先輩が自分の分のハーブティーと私のオレンジジュースを机の上に置きながらこちらを見ていた。

日向先輩も自分の定位置に座って、「おお」と感嘆《かんたん》の声を上げる。

「今井さんか。上手だな！」

スケッチブックに描かれていたのは、今井さん。体験入部で一回来たきり、その姿は見ていない。今井さんにはいろいろと聞きたいことがあったのに、『二度と来ない』と言っていたとおりになってしまった。

真央くんの描いた今井さんはとても上手でよく似ていて、でも実物よりも少し柔らかい雰囲気があった。

「すごい……」

マジマジとスケッチブックを見ながら、もう一度マグカップに口をつけようとすれば、真央くんから無言の圧力がかかってきた。

「ごめん」と謝ってマグカップを返す。よっぽど甘いものが好きなのか、真央くんは自分の元に戻ってきたココアを大事そうに飲んだ。

形のいい唇がマグカップに触れるのを見て、そういえばこれって間接キスになるのか、と気づく。そう意識した途端に、なぜだか妙に恥ずかしい気持ちになって、顔に熱が集まった。

え、あれ？　なんだこれ。

ドコドコと太鼓《たいこ》を打ち鳴らすみたいに大きくなっていく心臓の音に首をかしげながら、とりあえず落ち着こう、と紫苑先輩の隣のパイプ椅子に腰掛けた。

「あ」

その瞬間、ふわりと鼻腔をくすぐった甘さのあるフローラルな匂い。

思わず声を上げると、隣でハーブティーを飲んでいた紫苑先輩が不思議そうに首をかしげた。

「紫苑先輩、今日は放課後お休みですか？」

問いかければ、意外そうに目をまばたかせた紫苑先輩。

「正解。よく分かったわね」

「あ、えっと、髪の毛、編み込みしててかわいいので、そうかなって」

いれてもらったオレンジジュースをひと口飲んで、そう答える。口の中に残るココアの甘さがオレンジの酸味と混ざって、絶妙においしい。

「かわいい？　ほんと!?」

両サイドの編み込みを指差しながら、「これ時間かかったのよ」と紫苑先輩はつぶやく。

「すごく凝っててかわいいです」と何度もうなずけば、「ありがとう」とハスキーな声が返ってきた。

「あと、あの、放課後お休みのとき、いつもと違う香水《こうすい》ですよね」

そう言うと、それまでずっとスマホを見ていた日向先輩が顔を上げて、すんと鼻をひくつかせて首をかしげる。

「え、そうか？　俺は全然分かんねーわ」

紫苑先輩の匂いをたとえるならば、いつもは控えめで爽やかな清潔感のあるフローラルで、放課後お休みの日は、控えめだけれど甘さのあるフローラルなのだ。この微妙な違いを説明しろと言われると、難しいものがある。

「なんというか、女の子らしい匂いですよね」

「わ、本当に～？　嬉しい！」

幸せそうに笑う紫苑先輩の唇は、今日も赤いグロスで彩《いろど》られている。その様子から、放課後の予定というのはデートなのかな、と勝手に私は解釈していた。

ぐわんぐわんと低く響く洗濯機の音を聞きながら、こんなふうに話をして、お茶をして。だれも核心に触れずに進む時間が心地いいと思う。でも一方で、本当になにも知らないままでいいのか、と思う自分もいる。

あの日もそうだった。

なにかを言いかけていた今井さんから私を遠ざけようとしていた真央くん。まるで聞かれたくないことがあるかのようだった。

私にはきっと、思い出さなければいけないことがある。それに薄々気づいていながら、いや、むしろ思い出しかけているのに、見ないふりをしている自分がいた。

オレンジジュースをちびちびと飲みながら、部室の隅に置いた黒いケースに目をやる。

中学生のときに買ってもらったトランペット。お母さんと一緒に楽器屋で選んだシルバーのそれは、あとから値段を調べたら二十万もしていた。今なら、それくらいの値段はしてもおかしくないと分かっているけれど、当時の私からしてみればとてつもなく膨大《ぼうだい》な金額だった。

　こんなに高い楽器、壊《こわ》すことができない。やめたらもったいない。絶対に続けよう。そう決めたはずのトランペット。吹奏楽部をやめたと家族にまだ伝えられていない臆《おく》病《びょう》な私は、毎日黒いケースに入ったその〝かつての相棒〟と登校している。

　怪《あや》しまれないように手入れだけは念入りにしてあるけれど、もう半年以上、私はそれを吹いていなかった。

　ぼんやりとそんな思考を巡らせていたとき、不意にガラッと音がした。

「みんなおはよう。調子はどう？」

「あ、おはようございます」

　挨拶を返せば、ふわりと笑う。ドアを開けたのは、古賀先生だった。

「今日は天気がいいから、テンション上がるっすよ！」

「とか言いながら三浦くん、授業中ゲームばっかりしてるんじゃないでしょうね？」

「なんで知ってんすか!?」

　図星だったようで、「怖い」と言いながら日向先輩は身を縮める。

「なにか飲みますか？」と席を立つ紫苑先輩に、「コーヒーお願い」と答えた古賀先生は、空いているパイプ椅子に腰掛けた。

「戸田さんはどう？」

「あ、えっと、元気です」

「そのわりにはちょっと顔色悪いように見えるわ。眠《ねむ》れてる？」

その問いかけに、すぐにうなずくことができなかった。実際、いろいろと考えていてあまり眠れない日が続いていた。

「いやあ……」と曖昧にごまかして、長く伸ばした前髪に隠れるようにうつむく。

そんな私に優しく笑いかけて、「ホットミルクとか飲むといいわよ。保健室のベッドもいつでも貸すからね」と古賀先生は甘やかすように言葉を続けた。

「それで？　今日はどうしたんですか」

マグカップを手渡しながら、紫苑先輩が促す。コーヒーの匂いがふわりと漂った。

「あ、そうそう。まあ予想は大体ついてるかもしれないけど、今井くんのこと」

「へ？」

古賀先生の口から出てきたその名前に顔を上げれば、紫苑先輩がうなずいた。

「来ましたよ、おとといくらいに。随分思いつめてたみたいだったけど、二度と来ないって笑ってました」

「あら、早期解決だったのね」

意外そうにしながらも、どこかホッとしたように古賀先生は相槌を打つ。

「ここに来る前のことを覚えていたみたいだったので」

「覚えてる人って大体早いよな」と、日向先輩も相槌を打つ。

「来る前のこと、って」

思わず口を挟《はさ》むと、先輩たちの視線が私へと向いた。そしてそれは、ゆっくりと古賀先生に移る。

古賀先生はパチリとまばたきをして、「まだ話してなかったの？」と不思議そうにつぶやいた。

「タイミングがつかめなくて。あと、真央くんストップが入ってて」

ねえ、と困ったように笑いながら、先輩ふたりは顔を見合わせる。それだけで古賀先生はなにかを察したようで、納得したようにうなずいていた。

『真央くんストップ』ってなに？と、窓際でココアを飲んでいる真央くんを見たけれど、真央くんはそっぽを向いていて、どんな顔をしているのか分からなかった。

「でもそろそろ、葵ちゃんも思い出してきた頃じゃない？」

不意に紫苑先輩の声が私へと向く。黒曜石みたいな瞳が射抜くように私を見ていた。

ここに来る前のこと。それはきっと、どうして掲示板の前に立っていたのかということだろう。

蓋をしてごまかしていた記憶が、ゆっくりと湧《わ》き出るように広がっていく。

あの日、私を支配していた無気力感。急にすべてがどうでもよくなって、自分の存在する意味が分からなくなっていた。ここから飛んだらどうなるのだろうと、グラウンドを見下ろしながら思った。

そう、私がいたのは掲示板の前なんかじゃない。風の強い屋上にいたはずだった。

「〝死にかけ〟が集まる部活があるって聞いたことない？」

ふわりと微笑みながら、古賀先生はそう言った。


洗濯部が〝死にかけ〟――すなわち、なにかしらの重大な悩みを抱えた生徒が集まる部活だということを私が知らなかったのは、単にウワサ話をする相手がいなかったからで、どうやらそこそこ有名な話らしい。

今井さんは洗濯部にたどり着いた時点で自分が〝死にかけ〟であるということを認識せざるを得なかったため、あんなに戸惑っていたようだ。しかし、だからこそ一刻も早くその状況を打破しようという気持ちも強く、結果的に悩みの早期解決につながったのだろうと古賀先生は言っていた。

なんだか非現実的な話だなと思ったけれど、あの日屋上から飛び降りることを一瞬でも考えた私が今こうして洗濯部の部員になっているということが、なによりの証明だった。ということは、日向先輩も紫苑先輩も真央くんも〝死にかけ〟になるほどの悩みを抱えているのだろう。

「じゃあ、適当にふたり組作って」

今朝の古賀先生の話を思い返しながら、ぼんやりと受けていた体育の授業。そこで飛び出した魔の言葉に、私は頭が痛くなった。

サッとみんなの探るような視線が飛び交う。既にクラスの中にはいくつかのグループが確立されているけれど、人数が奇数のグループはだれかひとりが他のグループの子と組まざるを得ない。どことどこがひっついて、だれがその犠牲《ぎせい》になるのか。水面下で繰り広げられる抗争《こうそう》を眺めていたら、私は案の定ふたり組を作れず残ってしまった。

「あれ、このクラスって奇数だった？　余ってる人いない？」

ひとりポツンと佇む私に気づいた先生が、みんなに声をかける。『お手数おかけしてどうもすみません』と心の中で頭を下げながら、私は肩をすくめた。

「どこかを三人組にするか」と、また頭が痛くなるようなことを先生がつぶやく。既にふたり組を作っているクラスメイトたちをチラリと見れば、先生と目が合わないようにしていた。そりゃそうだ、だれだって体育は仲のいい子たちとワイワイやりたいだろう。

二クラス合同でやっている体育だけれど、隣のクラスの子たちは我関せずといった感じで口々に話している。

「遅れました」

どうしよう、と先生が言いかけたそのとき、体育館に響いた声。

遅れたことを悪びれる様子もなく入口でだらだらと靴《くつ》を履《は》き替《か》え、こちらへと向かってきたのは、同じクラスの米川さんだった。

その姿を見て、先生は明らかにホッとしたような表情を見せる。

「ちょうどよかった。じゃあ、戸田と米川でペアになって。パス練しましょう」

そんなわけで、私の正面には明るく染めた髪をひとつに結んでいる米川さんがいる。

クールな一匹狼という印象の米川さんは、私と同じくクラスで浮いている。しかし本人はそれを気にしている様子もなく、むしろ群れるのが嫌だとでも言わんばかりのオーラを放っている。もちろん、私たちは話したことがない。

「い、いきます」

「うい」

ギュッと両手でボールを持った。入学以来、高校の体育はもうずっと集団行動なんじゃないのか、と思うほどさせられた集団行動からようやく解放されて、つい最近始まったのはバスケットボール。

球技苦手なんだよな、と憂鬱《ゆううつ》な気持ちで、数メートル先に立っている米川さんへとパスをする。自分的にはワンバウンドのパスを出したつもりだったけれど、てーんてーんてーん、とボールは三度跳ねて米川さんの元へと転がった。

「ご、ごめん」

「いーよ、気にしなくて」

今度は米川さんから私へとボールが来る。私がかまえていた手のところにまっすぐワンバウンドでやってきたボールを、あたふたしながらキャッチした。

下手なのが少し恥ずかしくて笑ってごまかしてみるけれど、当の米川さんはまったく気にした様子もなく突っ立っている。

「い、いきまーす」

「うん」

今度こそ、と思いながらボールを押し出す。しかし今度は力みすぎたのか、ボールは大きく跳ねて米川さんの頭上を越えていった。

「ごご、ごめん！」

ボールを拾いに行く米川さんの後ろ姿に声をかける。申し訳なさで沈《しず》みそうだ。

「いーって」

米川さん、面倒くさいヤツとペアになってしまったって思ってないかな。私が米川さんの立場だったら確実に思ってるわ。

周りの子たちがキャッキャと笑いながらパスの練習をする中、私と米川さんはただただ無表情でボールを渡し合う。

「いきます……あっ！　わわわ、ご、ごめん」

「いーよ」

くわっとあくびをしながら、またボールを拾いに行く米川さん。その足取りは重く、気だるそうだった。

私とペアじゃなかったら、きっと米川さんも退屈しないでパスの練習ができただろうに。

そう思うとさらに申し訳なさが募《つの》って、消えてしまいたくなった。

そういえば、あの日も、私は自分という存在に価値を見出せなかった。ずっと降り積もっていた消えてしまいたいという気持ちが、私を屋上へと向かわせた。

かつて、決して多いわけではなかったけれど、顧問の先生がうざいとか先輩に怒られたとか、一緒にグチる友だちがいたことはある。でも、トランペットが吹けなくなって吹奏楽部を離れてから、周りとの距離感を掴むことが難しくなった。

そんな自分に嫌気が差して、余計に壁を作ってしまった。だれとも関わろうとしなければ、これ以上自分を嫌いになることもなくなるだろうと、弱っちい自分を守るためにみんなから一歩下がったのだ。

「あ、ちょ」

ふがいない自分にため息をついていると、突如《とつじょ》耳に入ってきた短い音。

え、と顔を上げれば、ドゴッと派手な音がした。同時に、鼻に激痛が走る。

「いったあああああ！」

思わず大きな声が出た。いつもなら周りを気にするくせに、あまりの衝撃に、もうそれどころではない。膝から崩れ落ちるようにその場に倒れ込み、鼻を両手で押さえて天を仰《あお》げば、生理的な涙でじわりと視界がにじんだ。

「ちょっと、大丈夫？」

そう言いながら駆け寄ってくる米川さん。

なんとか答えようと体を起こしてみるけれど、頭が働かない。とりあえずバスケットボールを硬《かた》くしようと決めた人を私は一生恨《うら》むと思う。

「鼻とれた……？」

左手で鼻を押さえながら呆然としたまま米川さんへと問いかければ、彼女は少し屈《かが》んで私の顔をじっと見つめた。

「とれてないよ、ついてるついてる」

「あ……よかった……じゃあ大丈夫です……」

「ごめん、わざとじゃなかったんだけど」

謝る米川さんに、慌てて首を振る。

「ぼんやりしていたのは私のほうだから」

そう伝えると、米川さんはホッとしたように息を吐く。

「ていうか、けっこう大きい声出るんだね」

バスケットボールをダムダムと突きながら、意外そうに米川さんが言う。

「へ？」

その言葉でようやく我に返り、みんなの視線を集めていたことに気づく。私は、反射的にうつむいて、前髪で壁を作って隠れた。

突然の雨

五月二十一日　くもり↓雨
くもりのときの紫外線ほど嫌なものはないわね。
――紫苑

＊＊＊

「こんにちはー、洗濯部です！」

日向先輩の声がグラウンドに響く。私はラグビー部の洗濯物が入ったカゴを抱えてその後ろを歩きながら、さらに後ろから追いかけてくる笑い声に耐えていた。

「ぶっ……くく、ふふっ」

「…………」

「んふふっ」

「……あの、紫苑先輩」

そんなに笑わないでください、と振り向けば、紫苑先輩は口元を手で押さえて肩を震わせていた。

　空は厚い雲が覆っているというのに、今日も紫苑先輩はサングラスに日傘という姿で、日焼け対策はばっちりである。

「ごめ、……ふふっ」

　謝る気があるのかないのか、笑いが止まらないその様子に、じっとりと視線を送ると、紫苑先輩は軽く咳《せき》払いをして息を整えた。

「だって、なんか浮かない顔してるなあと思って聞いてみれば、バスケットボールを顔面キャッチって……ぶくく」

「そういう反応がさらに私の浮かない顔を生むんですよ……」

　だから言いたくなかったのに、と目を逸らす。今日はクシが通りにくくて、全体的に髪が膨らんでいるような気がするし、なんだかツイていない。

　ちなみに紫苑先輩の反応は、昨日の放課後、保冷剤を鼻に当てたまま部室へ入った私に対して日向先輩がとったものと同じだ。そして、ここまであからさまではないもののの、あまり話したことのないクラスメイトから向けられる視線にもこれと似たようなものが含まれていた。

　鼻に当たったバスケットボールはワンバウンドして少し威力《いりょく》が弱まっていたし、骨が折れたわけでもないから、まだよかったものの……。いや、ぼーっとしていた私が全面的に悪かったのだけど。

「ごめんごめん」と、紫苑先輩が笑う。その笑顔が無駄にキレイなものだから、なんとも言えない気持ちになった。

「ちなみにそれ、真央くんはどんな反応だったの？」

紫苑先輩が最後尾を歩く真央くんに話を振ると、今まで無表情でついてきていた真央くんは、その長い脚で私の隣まで来た。そして軽く膝を曲げて私と目線を合わせて、昨日と同じようにキュッと私の鼻をつまんだ。

「……ちゃんと鼻がついてるから大丈夫、だそうです」

昨日、真央くんがスケッチブックに殴《なぐ》り書きしたその言葉を伝えれば、ぶはっと紫苑先輩は噴《ふ》き出した。

「確かにちゃんとついてるけど、……ふふ、あ、ごめん真央くん、にらまないで。あはは」

「おいおいおい！　なんでまた三人とも立ち止まってんだ、部活中だぞ！」

どうやら笑いのツボに入ってしまったらしい紫苑先輩と、私の鼻をつまんだまま立ち尽くす真央くん。私たちが立ち止まっていたことにようやく気づいた日向先輩が今日も顔を赤くしながら戻ってくるのを見て、紫苑先輩はお腹を抱えて笑った。

「今日は一段とにぎやかだなー」

そんな私たちの元に飛んできたのは、爽やかに笑う陸上部員の声。

「む、村瀬さん」

こんにちは、と真央くんに鼻をつままれたまま挨拶をすると、村瀬さんは軽く手を上げて応えた。

半袖のTシャツと半ズボン、こんがりと焼けた肌はこの前会ったときよりもさらに茶色いような気がする。

颯爽《さっそう》と私たちの前まで走ってきた村瀬さんは、どうやらアップの途中らしい。

「葵ちゃん真央くん、元気？」

「あ、えっと、はい、元気です……」

相変わらずの爽やかさに目を細めながら返事をすれば、「ところでそれ、しゃべりにくくねーの？」と疑問符《ぎもんふ》が投げかけられた。なんのことかと思えば、指差されたのはつままれたままの鼻。

「……真央くん」

確かにちょっと話しにくい、と真央くんを見上げると、そっと指は離れていく。

解放された鼻からすんと息を吸うと、さっき回収したラグビー部の洗濯物から汗と土の匂いがして、息をしたことを後悔した。

そんな私を笑って、村瀬さんは膝を曲げる。少し近づいた顔の距離に驚いて一歩後ずされば、村瀬さんは苦笑しながら声をひそめた。

「三浦は最近、どんな感じ？」

「え、ひ、……日向先輩ですか？」

どんな、って……。

そう思いながら後ろを振り向くと、日向先輩はようやく笑いが止まった紫苑先輩と今度はなにやら言い合いをしていた。

「えっと……、い、いつもあんな感じで、熱血って感じ……です」

ざっくりとした問いかけにしどろもどろに答えれば、「熱血、ね」と村瀬さんは私の言葉を繰り返してつぶやいた。

「ね、熱血、というか、えっと、頼れるアニキ的な……？　あ、でもちょっと口うるさい姑《しゅうとめ》みたいなところもあって。その畳み方はシワがつきやすいとか、ちゃんとハンガーを片付けろとか……」

というかこれ、私に聞かずに直接日向先輩に聞いたほうが早いのでは？

どうして私に聞くんだろう、と不思議に思って村瀬さんを見る。

「ん？」

しかし、私の視線に気づいて小首をかしげた村瀬さんのかっこよさが半端なくて、私はうつむくことしかできなかった。そもそも体育会系の人と関わったこと自体が少ない私にとって、村瀬さんみたいな太陽が似合う爽やかイケメンの笑顔は刺激が強すぎるのだ。

「え、えっと、……あの、とりあえず、そんな感じです……」

そう言って、すごすごと真央くんの後ろに引っ込む。真央くんは怪訝《けげん》そうに見下ろしてきたけれど、どうか目をつむっていただけるとありがたい。

「そんな感じか。なるほどな」

笑顔を見せて、「サンキュ」と村瀬さんが言う。私は真央くんの背中に半分隠れながら、「いえ」と蚊《か》の鳴くような声で返事をするのがやっとだった。

「ね〜、そろそろ次の部に行かないと雨降ってきそうじゃない？」

「確かに！　って、いやいや、止まったの紫苑先輩のせいじゃないすか！　お願いだからちゃんとついてきて！」

「そうやって人のせいにするの、よくないわよ〜」

「いや、これは紫苑先輩が……って、あれ、村瀬？」

後ろで言い合いをしていた先輩たちが、ようやく村瀬さんの存在に気づいてこちらへやってくる。

よっと手を上げた日向先輩に、村瀬さんは私と視線を合わせるために曲げていた膝を伸ばし、手を上げて応えた。

「三人でなに話してたんだ？」

「ん、まあちょっと世間話。つか、今日めっちゃ曇《くも》ってんのに、紫苑さん日焼け対策ばっちりっすね」

「くもりのときの紫外線をバカにしてんじゃないわよ」

自分へと向いていた視線がふたりに移ってホッと息を吐くと、いつの間にか強ばっていた肩から力が抜けた。

日向先輩や紫苑先輩、真央くんと話すことには、少しずつ慣れてきたような自覚がある。でも、普段あまり話さない人と会話をするのはやっぱり下手くそのままだ。前はもっとうまく話せていたような気がするのに……。

一度動き出すと止まらない私の口は、注意しないと余計なことまで話しすぎてしまうから、言葉は少なく、短く。そう意識すると、結局うまく話せない、もしくはなにも話さないまま時が過ぎていく。

だからきっと、こうやって笑顔で話しかけてくれる村瀬さんのような人は貴重なのだろうけれど、うまく話そうと思っても、そううまくいくものではない。

「おーい、葵、真央！　次行くぞ！」

そう呼ばれ、ハッと我に返って顔を上げると、どうやら先輩たちは村瀬さんと話し終えたようだった。

「あ、はい！」

ぶんぶんと手を振って私たちを呼ぶ日向先輩に、慌てて返事をしながら駆け寄る。

「じゃあな、村瀬！」

「おー」

意気揚々と歩き出した日向先輩、くるくると日傘を回しながらその後ろをついていく紫苑先輩、面倒くさそうに歩く真央くん。

定位置である先輩ふたりの間に並ぼう、と足を踏み出した私を、「葵ちゃん」と村瀬さんの小さな声が呼び止めた。

「なんですか？」と首をかしげれば、村瀬さんはまた私に合わせるように膝を曲げて、自分の口の横に手を添《そ》えた。

「……また、ちょいちょい三浦の様子教えて」

耳打ちされたその声はとても低く真剣なもので。私は疑問を抱いたり照れたりする余裕もなく、ただ神妙にうなずき返すことしかできなかった。

「……よし、あとはサッカー部だな」

野球部から回収した洗濯物を真央くんに持たせて、「もうすぐ雨降りそうだし急ぐぞ」と日向先輩は言った。

確かに雲行きは怪しく、空を覆い尽くしている分厚い雲よりも一段と色の濃い雲が頭上へと迫《せま》ってきている。

日向先輩の言葉に、「そうですね」とうなずきかけたところで……。

「ねえ、行く必要あるかしら」

それを遮るように紫苑先輩は眉を寄せた。いつもより低いその声に、私は思わず固まった。

うちの高校のサッカー部は、全国大会に出場したこともある強豪で、毎年入部希望者がとても多い。しかし、その半分くらいは練習の厳しさに耐えられず、一カ月もしないうちに辞めていくそうだ。

マネージャーを希望する女の子も多いけれど、そんなにいてもジャマになるからと、各学年ふたりにしぼられている。その決め方は選手の投票らしく、結局サッカーに対する情熱よりも顔のかわいさで選ばれているのだと、吹奏楽部の子たちがウワサしていた。

そんなサッカー部に対し、紫苑先輩がいい印象を持っていないというのは、入部当初からなんとなく察していた。けれど、ここまで露骨に嫌悪感を示したのを、私は初めて見た気がした。

「毎回毎回、断られるだけじゃない」

「どうしたんすか、急に」

日向先輩は紫苑先輩のただならぬ雰囲気に、いつもの笑顔を封印《ふういん》して言葉を返す。

「急でもなんでもないわよ。ずっと思ってたの」

だって人がよすぎるわ、と紫苑先輩のキレイな唇が動く。どんな瞳をしながらそう言っているのか、サングラスに隠されていてよく分からない。

「わざわざ断られに行く必要はないでしょ」

さらに、吐き捨てるように落とされていく言葉。いつも優しくてふんわりしている紫苑先輩のまとう空気が突然冷たくなったことに驚いた私は、その様子を眺めることしかできない。

「今日は頼んでくるかもしれないじゃないすか」

「あいつらが一度でも頼んできたことある？」

「……それはないけど、もしかしたら」

「たとえ頼んできたとしても、あんな部活の物なんて洗う必要ないと思うわ」

そこまで言って、紫苑先輩はキュッと口をつぐんだ。

反対に、今度は日向先輩が眉を寄せる。

「あんな部活って言い方はないっすよ。一生懸命《いっしょうけんめい》練習してる人がいることくらい分かってんだろ」

ゴロゴロ、と空が鳴った。どんよりとしていた空気がさらに重くなったように感じる。

すがるように隣に立つ真央くんを見上げてみたけれど、じっとふたりを見つめていて、止めに入る気配はない。

どうしよう、と洗濯カゴを抱え直しながら考える。

私がここで止めに入ったとしても、うまく収められるような気はしない。というより、この空気に口を挟むような勇気は持ち合わせていない。だからといって四人でこの場に立ち止まっていたら、そのうち他の部活の目を引くことになるだろうし、もしその中にサッカー部が混じっていたら最悪だ。

それに……、と視線を戻す。

ふたりが言い合いをしているところは今まで何度も見ているけれど、こんなにピリピリした雰囲気になることはなかったはず。ということはきっと、みんなが触れないようにしていた核心に触れてしまっているということだろう。

核心とはつまり……〝死にかけ〟の抱えている秘密だ。

「……そうね」

どうしようどうしよう、と思考を巡らせていたとき。ふう、と息を吐き出してつぶやいたのは紫苑先輩だった。

「ごめんなさい、ちょっと感情的になっちゃったわ」

張りつめていた空気が緩む。

「せっかくの美貌が台なしよね」と目尻を下げた紫苑先輩に、日向先輩も肩の力を抜いたようだった。

「そうっすよ。やっぱ美人には笑顔が似合うな！」

「え〜、美人ってだれのことよ〜？」

「胸もあれば完璧だったんだけ……いたっ、痛い痛い痛い！　ごめんって、こら！」

日向先輩は余計なことまで言って耳を引っぱられている。

いつもの雰囲気に戻すためにわざとそれを言ったのだと、疎い私でもさすがに分かった。

そんなふたりを見ながら、なにも言えずただ見ているだけしかできなかった役立たずな自分に、こっそりため息をつく。

でも、これでよかったのだ、とも思う。

変に口を挟んだら、空気を悪化させていた可能性だってあった。今の私にできる最大限のことは、見ていることだった。自分の力量に見合う働きをしただけ。きっとこれでよかったのだ。

「……あ」

そう自分に言い聞かせていたとき、頭にポツリと水滴が当たった。冷たさを感じた部分を手で押さえると、今度は手の甲《こう》にもぽつぽつと。

「あら？」と紫苑先輩も空を見上げる。

「雨降ってきました、……ね!?」

言葉にした次の瞬間、ザアアアアアアと勢いよく降り始めた雨。ウソでしょ、と天を仰いでいれば、日向先輩が私の腕から洗濯カゴを奪い去って走り出した。

「撤収だ撤収！　部室に撤収！」

既にグラウンドはドット柄になっていて、それもすぐに濃い茶色の無地へと変わっていく。あっという間にできていく水たまりを避けるように、私も走った。

「葵ちゃん、これ雨晴れ兼用《けんよう》だから使って」

「へ」

日向先輩の後に続いていると、「ぬれたら透けちゃうでしょ」と隣に並んだ紫苑先輩が私の手に日傘を握らせた。

その気遣いに、『ありがとうございます』と言いかけて、やめる。

「え、いやいや、これは紫苑先輩のなんだから紫苑先輩が使ってください！」

トランペット吹きの肺活量なめんな、と思いながら発した私の大きな声は聞こえているはずなのに、紫苑先輩は振り向かずに走っていく。

傘に当たる雨の音がよりいっそう大きくなるのを呆然と聞きながらその後ろ姿を眺

めていると、トンと背中をたたかれた。

振り向くと野球部の洗濯物を抱えた真央くんが立っていて、すっと膝を曲げたかと思えば滑り込むように傘の中に入ってきた。これはいわゆる……相合傘だ。

「……さてはおぬし、疲れたんだな？」

照れくさいのをごまかして、真央くんの頭が傘に当たらないように腕を上げながら問うと、色素の薄い瞳がゆっくりとこっちを向いて、肯定を示す。

その反応がいつもと変わらなさすぎて、ふざけた自分がちょっと恥ずかしくなった。


結局、紫苑先輩の日傘をふたりでありがたくお借りして、あまり雨にぬれることなく五号館まで戻ってきた。

靴を履き替えて階段をのぼる。ちなみに廊下には、日向先輩と紫苑先輩が落としていったと思われる水滴のあとが、ふたつの筋になって残っていた。

二階の廊下を、一番奥の教室までペタペタと歩く。真央くんが並べた石の境界線を乗り越えて、ドアに手をかけた。

「紫苑先輩、傘ありがとうございました—……」

ガラッとドアを開けながらお礼を言ったところで、目の前に広がった光景に開いた口がふさがらなくなった。

「わあああああああああ!?」

絶叫《ぜっきょう》した私を、うるさそうに真央くんが見下ろす。

でもそんなことはもう、全然気にならなかった。それよりも、だ。

「紫苑先輩、服は!? 着てください!」

その辺に置いてあった布を引っ掴んでダッシュする。そして、「え?」と不思議そうにした紫苑先輩をぶわっとその布で包み込んだ。

「え、じゃないですよ! なんですかどうしたんですか日向先輩に脱《ぬ》がされたんですか!?」

矢継《やつ》ぎ早《ばや》に質問を投げつける。

「葵ちゃん、こんなに大きい声が出るのね〜」

「私の話聞いてますか!?」

しかし当の紫苑先輩はなんでもないことのようにいつもどおりの笑顔を浮かべるものだから、私の混乱はピークに達する。

ちょっと待って、状況を整理しよう。

きっと、突然降り出した大雨で、着ていたシャツがぬれてしまったのだろう。そのシャツを日向先輩が脱いで、上半身裸《はだか》になっているのは理解できる。

なんといっても、ここは洗濯部。ベランダに行けば洗濯機があるし、脱水《だっすい》して部室に干しておけば、帰る頃にはシャツくらいなら乾くだろう。

問題は、紫苑先輩である。

なぜ紫苑先輩までシャツを脱いで、しかもキャミソールまで脱いでしまっているのだ。ついでに言うと、今の紫苑先輩はブラもしていない。

いや、確かに紫苑先輩は貧乳だ。もうそれを〝乳〟と言うのもはばかられるほどのぺったんこだ。まな板だ。なんならちょっと太った男の人のほうが全然大きい……って私はなにを言っているんだ。

とにかく、いくら貧乳だからといって、さすがにブラまでしていないなんて、どう考えてもちょっとおかしい。しかも紫苑先輩自身がこの状況をまったく気にしていない様子なのだ。まるでそう、自分は女じゃない、みたいな……。

そこまで考えて、はたと止まる。

え……、と思いながら紫苑先輩の顔を見れば、クリンとキレイに上がったまつ毛と赤いグロスの似合う唇が完璧に配置されていて、どこからどう見ても美人さんでしかない。

そのままゆっくりと視線を下げる。紫苑先輩の上半身を包んだ布の隙間からのぞき込むようにして見た、なにも身につけていない胸は、やっぱりちっとも膨らんでいなくて。

「……紫苑先輩」

どういうことですか、とすがるように名前を呼ぶ。

情けない顔をしている私を見て、「言ったことなかったかしら」と紫苑先輩はキレイに笑って、言葉を続けた。

「私、男だよ」

その瞬間、ドッシャーンと大きな雷《かみなり》がどこかに落ちた音がした。

五月二十三日
特になし。
——真央

＊＊＊

新しい友達

「その紙袋《かみぶくろ》なに？」

「あ、手みやげに羊羹《ようかん》を」

「え～、そんなのいいのに～」

わざわざありがとね、と笑う紫苑先輩は、艶のある黒髪をハーフアップにしていた。ゆるっと巻かれた毛先が歩くたびに揺れて、かわいい。いつもより念入りに施されているお化粧と、控えめな甘さのフローラルの香りをまとっていた。

どこからどう見ても、美人な女子高生にしか見えない。

そんな紫苑先輩の衝撃的な事実を知った日から数日後。私は放課後の部活をサボって、紫苑先輩と一緒にある人の元へと向かっていた。

「本当に私がついていってもいいんですか？」

「いいのいいの。絶対喜ぶから」

ふわりと花が咲《さ》くような笑顔を浮かべて、紫苑先輩は私を安心させるように頭をなでてくれる。その手は確かに細くてキレイだけれど、意識してみると女の人にしては大きく、骨張っていた。

あの日、頭の中が真っ白になった私は、『オネエってことですか？』と無意識に聞いていた。口にしてから、かなりデリケートなことを直球で聞いてしまったと後悔したけれど、『そうねえ』と紫苑先輩は少し考えるような素振りを見せて、こう言ったのだった。

『性的マイノリティーってわけではないのよ、私』

『性的マイノリティー……？』

『たとえば……そうね、性同一性障害《せいどういつせいしょうがい》とかって聞いたことない？』

それなら聞いたことがある。つまり紫苑先輩は、自分の体と心の性別が異なっているわけではない、ということか。

『じゃあどうして？』と首をかしげた私に、『今度一緒に行きましょ』と紫苑先輩は提案をしたのだった。

そして、今に至る。

「でも、あの、私がいたらおジャマなんじゃ……？」

だってデートですよね、と私の頭に手を乗せたままの紫苑先輩を見上げてつぶやくと、紫苑先輩は笑った。

「デートか～。確かにそうと言えばそうなんだけど……まあ、すぐ分かるわよ」

「……？」

「ここよ」

立ち止まった紫苑先輩に合わせて、私も足を止める。そして指差された建物を見上げた。

「マンション……？」

「葵ちゃん、オートロック解除したから早くおいで」

「あ、はい！」

いつの間に解除したのか、自動ドアが閉まらないように立っている紫苑先輩の元へと駆け寄る。

私が隣に並んだことを確認した紫苑先輩は、そのままエレベーターに乗り込み、慣れた様子で六階のボタンを押した。

「十五階まであるんだ……。大きいマンションですね」

ドアの上の数字にランプが点いて、それがどんどん右へと進んでいくのを見つめながらつぶやくと、「そうかしら」と紫苑先輩は首をかしげた。

高校の最寄り駅から急行に乗って三駅。居酒屋と定食屋が数件、学習塾、コンビニのある駅前から少し歩くと小さな商店街があり、そこを抜けるといくつかのマンションが道沿いに建っていた。その中でも一番背の高いこのマンションが、私たちの目的地だったようだ。

「ついたわ」

チーンとレトロな音がして、エレベーターのドアが開く。先に降りた紫苑先輩は、迷うことなくその階の一番東側のドアへと歩を進め、インターホンを押した。

それと同時に、家の中からなにやらドタドタと足音が聞こえてきた。

「……?」

これ大丈夫なんですか?と視線で訴えれば、紫苑先輩は苦笑いを浮かべる。

そして数秒もしないうちに、勢いよく目の前のドアが開いた。

「いらっしゃい、紫苑!」

満面の笑みで飛び出してきたのは、同い年くらいの女の人だった。くせ毛なのかパーマを当てているのか分からないけれど、ボブよりちょっと長いくらいの髪はふわふわと柔らかそうだ。

白いブラウスと膝下丈の花柄スカートが、とてもよく似合っている。ぽってりとした唇と小さな鼻が、なんとも言えないかわいらしさを引き出していた。

「桜《さくら》、だれだかちゃんと確認してから出てきなさいよ」

紫苑先輩はまるで子どもを叱《しか》る親のように語気を強めるけれど、女の人は特に気にする様子もない。

「ちゃんとモニター見たよ？　今日もかわいいね紫苑！」

「あんたのほうがかわいいわよ」

あきれたようにため息をつきながら、紫苑先輩は言う。その言葉に、嬉しそうに笑った女の人。ふたりのやりとりを呆気にとられて眺めていると、不意に女の人と目が合った。

「あら！」

ぱあっと表情を輝かせてニッコリと微笑む女の人に、私も慌てて頭を下げる。

「こ、こんにちは！」

「こんにちは～！　……はじめまして、で合ってるかな？」

不安げなその様子に一瞬ハテナが浮かんだけれど、「はじめましてです」とうなずくと、ホッとしたように女の人は笑った。そして、思い出したように背筋を伸ばす。

「紫苑のお友だちだよね。はじめまして、桜っていいます」

「あ、私は戸田 葵といいます。紫苑先輩の、えっと、後輩で」

私も背筋を伸ばして名乗ると、桜さんは柔らかそうな頬を緩めて、目尻を下げた。

「ねえちょっと、そろそろ上がってもいいかしら？」

「あ、ごめん、つい嬉しくなっちゃって。上がって上がって」

しびれを切らした紫苑先輩に、桜さんは慌てて私たちを中に入れる。

ローファーを脱いだ紫苑先輩が慣れたように廊下を進んでいく後を追いながら、私は手に持っていた紙袋の存在を思い出した。

「私の部屋で待ってて」と桜さんが振り向いたタイミングで紙袋を差し出す。

「あ、あの！　これよかったら」

「え！　そんなの全然いいのに～」

わざわざありがとう、と先程の紫苑先輩と似たような反応を示した桜さん。「いえ」と手を後ろに組んでうつむけば、それを見ていた紫苑先輩がくすりと笑った。

「わ、羊羹だ！　私、甘いもの大好きなの」

「そ、それはよかったです」

「おいしいお茶いれてくるね、ちょっと待ってて」

そう言ってそそくさと奥の部屋へ消えていく後ろ姿を眺めながら、私はちゃんと渡せたことにホッと息を吐いた。

なんせ、あの羊羹はお母さんが持たせてくれたものなのだ。『今度、人の家に行くかも』とこぼしたのは、紫苑先輩に誘ってもらった日の夜のこと。その翌日には既に用意されており、【葵の手みやげ用】とご丁寧に付箋《ふせん》まで貼ってあった。

そこまでしてもらっておいて渡せずに帰ったりしたら、きっといろんな意味で心配される。ウキウキで用意しているお母さんの姿がいとも簡単に想像できるからこそ、私はこの大きな任務を果たせたことに安堵《あんど》した。

「葵ちゃん、こっちこっち」

紫苑先輩のハスキーな声に、ハッと我に返る。桜さんが消えていったのとは別の部屋から顔を出している紫苑先輩を見つけ、慌てて私はその部屋へと足を進めた。

桜さんの部屋だと思われるそこは、白とブラウンを基調とした全体的にナチュラルな空間だった。ところどころに飾られている観葉植物がおしゃれで、だからといって生活感がまったくないわけでもなく、本棚にたくさん並べられている少女マンガの中には私も読んだことがあるものが何冊かあった。

居心地のよさを感じながら、どこに座るべきかと考える。紫苑先輩はいつもの定位置なのかベッドの上に座っているけれど、初めて来た身としては少しはばかられる。

無難にラグの上に座らせてもらおうかな、とふらふら部屋の中を歩いていれば、お茶と羊羹を載せたお盆《ぼん》を持った桜さんが足でドアを開けながら入ってきた。

「お待たせ～」

「……足でドア開けるのはやめたほうがいいんじゃないかしら」

言ってくれたらドアくらい開けるわよ、と紫苑先輩が苦笑いを浮かべる。

桜さんは特に気にした様子もなく「そうだね」と返しているので、きっとそれはクセなのだろう。

ふわふわとかわいい桜さんの意外な一面に、なんとなく緊張が解けたような気がした。

「葵ちゃん、さっきはごめんね」

「え？」

温かい緑茶の入った湯のみを受け取りながら、突然の謝罪に首をかしげる。なんのことだろうと思い返してみるけれど、謝られるようなことはなにもなかったはずだ。

「私、ちょっと記憶が曖昧なところがあって。初対面だと思ってる人が実はそうじゃなかったってことがたまにあるの」

変なこと聞いてごめんね、ともう一度謝られて、私はようやく理解した。

『はじめまして、で合ってるかな？』

さっき玄関《げんかん》で桜さんにそう聞かれたのは、確認のためだったのだろう。

「あ、いえ、全然大丈夫です……！」

なるほど、そういうことか、と納得して返事をする。

申し訳なさそうに眉を下げていた桜さんは、私の言葉を聞いて安心したように息を吐いた。

「それにしてもびっくりした。紫苑ったら、友だちを連れてくるって突然言い出すんだもの」

「突然じゃないわよ。二日前には言ったじゃないの」

「そういうことじゃなくて。今まで紫苑がだれかを紹介してくれたことなんてなかったじゃない」

ぷうと頬を膨らませた桜さんに、紫苑先輩は首をかしげる。「そうだっけ」「そうだよ」とふたりが言い合うのを眺めながら、私はお茶に口をつけてもいいものなのか否か悩んでいた。

「恋人でも連れてくるのかと思って、ちょっと身構えてたんだから。あ、葵ちゃん、全然気にせず飲んでね」

「わっ、え、あ、ありがとうございます」

私の悩みを気づかれていたことに少し恥ずかしさを感じながらも、ありがたくお茶を飲む。濃い目にいれてもらった緑茶は、甘ったるい羊羹にとてもよく合った。

紫苑先輩はというと、桜さんと私のやりとりをどこか嬉しそうに眺めてから、ニヤりと笑って口を開いた。

「桜が友だち欲しいってずっと言ってたから、女の子連れてきたんだけどな」

「あ、ちょっと！　もう、それ葵ちゃんの前で言うのは禁止だよ」

「へ？」

急に出てきた自分の名前。湯のみから口を離して聞き返せば、桜さんは極まりが悪そうに目を逸らした。

その様子に紫苑先輩は意地悪く笑って、私に向けてささやく。

「この子、友だち少ないのよ」

「ちょっと、もう～！　なんで私にも少し聞こえるように言うのよ」

絶対わざとでしょ、といじけたように桜さんが紫苑先輩をにらむ。

その視線を受けながらお茶をすする余裕を見せている紫苑先輩は、どうやら桜さんのことを完全にからかっているようだ。

一方で私は、桜さんに友だちが少ないという話に衝撃を受けていた。初対面の私に対してこんなに優しくしてくれる桜さんに友だちが少ないだなんて、想像がつかない。

ぽかんと口を開けた私に、桜さんは「お恥ずかしい」と笑う。その照れくさそうな表情を見て、私は慌てて口を開いた。

「あ、いや、あの、私も友だちいないので！」

「え？」

「全然気にしてないです、というか、えっと、確かに桜さんに友だちが少ないのは意外ですけど、その、こんなに素敵な桜さんでも友だちが少ないんだったら、私に友だちがいないのも納得できるというか、なんというか……」

そこまで言って、はたと止まる。

桜さんが不思議そうな顔をしている。私はそれを見て、『やってしまった』と心の中で頭を抱えた。

調子に乗ってしゃべりすぎた。桜さんが優しいからって、つい気が緩んでしまった。

『友だちが少ない』って連呼しすぎたし、これ全然フォローになっていなかったような気がする。言葉は少なく、短く。そう思っていたはずなのに……。

長く伸ばした前髪で壁を作りながら猛省《もうせい》する。

桜さんと紫苑先輩の視線がこちらを向いているのを感じた、そのとき。

「よかったぁ。そしたら私たち仲間だね！」

部屋に響いた優しい声。

「へ？」

とっさに顔を上げると、目の前にいる桜さんがホッと胸をなで下ろしていた。

『仲間』って、〝友だちが少ない者同士〟ということだろうか。

それはあまりいいものではない、というかすごく残念な仲間のような気がしたけれど、桜さんは嬉しそうに笑っている。そっと視線をベッドの上にいる紫苑先輩へと移すと、紫苑先輩はそんな桜さんを見て優しく微笑んでいた。

その笑顔があまりにもキレイで、黒曜石みたいな瞳は温かさにあふれていて、私は思わず見とれてしまった。

「実は私ね、なかなか学校に行けてなくて。こうやって遊びに来てくれたことがすっごく嬉しいの」

桜さんは、微笑みを浮かべながら慎重《しんちょう》に言葉を選んで私に伝えてくれる。

「え、あ、……そうなんですか？」

「うん。だから、もしよかったらなんだけど……」

そこで逡巡《しゅんじゅん》するように言葉を区切った桜さんは、右へ左へと視線を泳がせる。

どうしたんだろうと続きを待っていると、なにかを決めたように桜さんは小さくうなずいて私を見た。

「ねえ、葵ちゃん」

ゆっくりと私の手に桜さんが触れる。白くてふっくらしていて、キレイに爪《つめ》が切りそろえられている手。冷え性なのか、少しひんやりとしたその両手は、私の左手を包み込む。

「私と、友だちになってください」

前髪に隠れた私の瞳をのぞき込むようにして、桜さんはそう言った。

高校に入ってから、私がなかなか言えなかったその言葉。だれかに言ってもらえるなんて、思ってもみなかったその言葉。

真っ白になった頭の中で、その言葉を噛み砕《くだ》いていく。

するとじわじわと心が温かくなって、鼻の奥がツンとして、喉元になにかが込み上げてきた。慌てて、それを隠すように息を吸う。

「わ、……私でよければ！」

いっぱいいっぱいになりながらうなずくと、桜さんはゆるゆると口角を上げて、キュッと私の手を握った。

左手に力を込めて握り返すと、私と桜さんの体温がどんどん混ざっていくような気がして、私はとても嬉しかった。


「ありがとね、葵ちゃん」

すっかり暗くなってしまった空の下、駅まで送ると言ってくれた紫苑先輩とふたり、並んで歩く。

「お礼を言うのは私のほうです」と首を振ると、紫苑先輩は少し考えるように間をとってから、こんな話をし始めた。

「桜はね、幼なじみなの。あ、私の家、あの子んちの一個上の階なんだけど、生まれた頃からずっと一緒に育ってきたの」

「え、紫苑先輩のおうちもあそこなんですか？　じゃあ、わざわざ送っていただくのは申し訳ないです」

よく晴れた東の夜空には、まん丸の月がのぼってきていた。ガードレールに区切られた歩道は、等間隔に並んだ街灯で照らされている。車の通りもそれなりにあって、この時間にひとりで歩いても怖くなさそうな道だと思った。

私がそう言って立ち止まると、隣を歩いていた紫苑先輩は慌てたように振り向いた。

「それはダメよ、葵ちゃんは女の子なんだから」

「いや、でも……」

「ダメなのよ！」

突然語気を強めた紫苑先輩に、思わず肩が強ばる。

一瞬の沈黙のあと、ハッとしたように紫苑先輩は私を見た。

「あ、ごめ……、ごめんなさい、葵ちゃん」

ごめんなさい、ともう一度力なくつぶやいた紫苑先輩。

「いいえ」と首を振りながらも、いつもと違う彼女の様子に、私はずっと心の中に抱えていた疑問を思い出した。

そもそも今日、紫苑先輩と一緒に桜さんの元へ行くことになったのは、私が紫苑先輩が女装している理由を知りたかったからだ。

『性的マイノリティーってわけではない』と紫苑先輩が言ったあの日から、自分でもそれ以外の理由を探してみた。でも、答えは見つからなかった。その答えが桜さんに会えば分かるのだろうと思っていたけれど、実際に会ってみてもよく分からなかった。

今日はその話が出るどころか、三人で羊羹を食べて少女マンガを読んで最近のドラマについて話したくらいで、完全に女子会だったのだ。

首を突っ込むべきじゃなかったのかもしれない。理由なんて聞かないほうがいいのかもしれない。でも、どうしても気になってしまう。

「あの、ちょっと聞いてもいいですか？」

革のカバンを肩にかけ直しながら、私は顔を上げた。紫苑先輩は小首をかしげて、続きを促してくれる。

「紫苑先輩がその格好をしているのは、どうしてですか？」

我ながら、ど直球な質問だったと思う。けれど、変にオブラートに包んでも、きっと紫苑先輩には気づかれてしまうだろう。それに、私は話すのが下手だ。うまくオブラートに包む技術を持ち合わせていたら、こんなに悩んでいなかったと思う。

言葉は少なく、短く。うん、これでいいはず。

ドキドキしながら紫苑先輩の答えを待つ。

五月の下旬とはいえ、まだまだ寒暖の差が激しい。吹き抜けていく冷たい風にそっと肩を縮ませつつ、視線は紫苑先輩から離さなかった。

紫苑先輩は私の投げかけた質問に、一瞬驚いたように目を見開いた。風でなびく艶のある黒髪は、街灯の光を受けて輝いている。真意を探るようにじっと向けられた視線は、しばらくの沈黙のあと、不意に緩められた。

「……好きな子と話すためよ」

ポツリと、赤いグロスが似合う唇から言葉が落ちる。

「……へ？」

予想外の答えに、すっとんきょうな声が出た。そんな私を見て、紫苑先輩は困ったように笑う。

「そうねえ、どこから話せばいいかしら」

「え、えっと、ちょっと待ってください。紫苑先輩の好きな子、って」

微塵《みじん》も考えていなかった方向から情報を投げ込まれた私の脳内では、ちょっとしたパニックが起きていた。

「さっき会ったでしょ？」

「桜さん!?」

「大きい声出るわね」と笑いながら、紫苑先輩は肯定を示す。

思いがけない恋バナにテンションが上がってしまった私は、口元を押さえて、さっきまでいたマンションの方向を見た。

「今日葵ちゃんに来てもらったのはね、葵ちゃんが女の子だからなの」

歩きながら話しましょうか、と促されて駅のほうへと足を進める。私に合わせてゆっくり歩いてくれる紫苑先輩は、そのハスキーな声で言葉を紡《つむ》ぐ。

「日向にも真央くんにも、桜と会わせたことはないわ。……どういう意味だか分かる？」

「えっと……男性恐怖症《きょうふしょう》、とか」

「ピンポーン、そのとおり」

紫苑先輩はわざとらしく明るい口調で言った。

私は自分で答えておきながら、それが正解だったことに困惑した。

桜さんが男性恐怖症ということは、生まれた頃からずっと一緒に育ってきた紫苑先輩はどうしていたのだろう。

そんな疑問を読み取ったかのように、紫苑先輩は言葉を続ける。

「昔はそんなことなかったのよ。私も普通にモテモテのイケメンだったわ」

「あ、そうなんですか」

「……葵ちゃん、ここは突っ込むところよ」

そう言われても、これだけ美人な紫苑先輩がイケメンじゃないわけがない。きっと男の人の姿だったとしても、モテモテなことには変わりないだろう。

それにしても、と思う。『昔はそんなことなかった』ということは、桜さんが男性恐怖症になったのにはなにかきっかけがあるはずだ。

「……あ」

そこまで考えて、不意に思い出したことがあった。

突然声を上げた私を、紫苑先輩は不思議そうに見る。

「桜さん、記憶が曖昧なところがある、って……」

黒曜石みたいな瞳が揺れた。続けて、キレイな横顔が歪んだ。

「私たちが高校に入って一カ月くらいしたときにね、この辺で強姦《ごうかん》未遂《みすい》事件があったのよ」

その瞬間、被害者《ひがいしゃ》がだれだか分かって、ヒュッと喉が鳴った。そんな私を見て、紫苑先輩は苦笑する。

「慌てて病院まで会いに行ったわ。でもね、あの子は私のことを覚えていなかった。精神的な苦痛を受けたことで記憶の一部を失ったんだって。ボロボロになったあの子に男の自分を拒絶されて、私は心底死にたくなったわ」

「……紫苑先輩」

「それでも私、バカなのよね。どうにかして話したい……隣にいたいと思ってしまったのよ」

ねえ葵ちゃん、と紫苑先輩がうわごとのように言う。

だけど私は、どんな言葉を返せばいいのか分からなかった。

「私が男だって知ったら、あの子はどうなると思う？」

そう問いかける紫苑先輩のハスキーな声は震えていた。私に尋《たず》ねているようでいて、きっとこれは自分自身に投げかけ続けていた問いなのだろう。そして、男である自分をまた拒絶されるかもしれない、という不安と絶望感を抱え続けてきたのだろう。

聞かなければよかった、と今さら後悔しても遅《おそ》い。

「……ごめんなさい、こんなこと聞かれても困るわよね」

今にも泣きそうな顔で笑う紫苑先輩に、私はただ首を振ることしかできない。

気の利いた言葉のひとつもかけられず、その涙をぬぐう覚悟《かくご》もない自分が、とても無力で無神経で嫌気が差した。

「傷つけると分かっていても、私はあの子のことを抱きたいって思うわ。最低でしょ。でも仕方ないじゃない、好きなんだもの」

独り言のように落とされていく紫苑先輩の言葉。

「だから私は、この汚《きたな》い気持ちを桜に悟られないように完璧な女の子を演じるのよ」

笑えるでしょ、とつぶやいた紫苑先輩から、甘いフローラルの香りが漂った。

鎖骨の下辺りまで伸ばされた艶のある黒髪。白く透き通るような肌。赤いグロスの映える唇。

それはどこからどう見ても、完璧な女の子だった。


「怪しい」

朝七時半。五号館二階奥の空き教室のベランダ。カラカラカラカラと、脱水中の洗濯機から音が鳴る。

【残り二分】と示された画面を見つめながら、「なにがですか?」と日向先輩に聞き返せば、じっとりとした視線を送られた。

「葵、お前さ……彼氏できた?」

「は?」

思わず素で返してしまった。その瞬間、先輩相手に失礼だったか、と思ったけれど、それよりも今は、やけに神妙な顔をしている日向先輩の真意を確かめるほうが先だ。

だんだんとゆっくり静かになっていく洗濯機の音を聞きながら、私は日向先輩へと視線を向けた。

「なんか最近嬉しそうだし、明るくなったよな！　入部してきたときの根暗な感じがなくなってき……痛い痛い。なにすんだよ紫苑先輩！」

「あのねえ、言葉を選びなさい」

日向先輩の耳を容赦《ようしゃ》なく引っぱって、紫苑先輩が私をかばうようにそう言った。

ね、根暗……。いやまあ、確かにそれは間違いではないのだけれど、なにかこうグサッと鋭利《えいり》なものが心に突き刺さったような気がする。

人知れずダメージを受けながら、ピーピーピーと洗濯機が止まる音を聞く。

紫苑先輩に耳を引っぱられている日向先輩は、それでもなお、私を疑うような視線を緩めない。

「でも彼氏じゃないとしたら、……あ！　ちょ待って、マジで俺分かったかも！　村瀬？　村瀬に口説かれてる？」

「はあ？　なんでそこで村瀬さんが出てくるんですか」

あきれながら洗濯機の蓋を開ける。中身を取り出そうと手を伸ばせば、その手はパシッと掴まれた。

「え？」

顔を上げると、さっきまでドアの前で石を並べていたはずの真央くんが困惑したような表情を浮かべながら、私のことを見ていた。

いやいや、なんでそんな複雑な顔してるの？　今の流れで真央くんが困惑するようなポイントはひとつもなかったでしょうよ。あったとしても、私が村瀬さんに口説かれているかもしれないってことくらいだろうけど、もしそれで真央くんが困惑していたとしたら、なんか私のことが好きみたいじゃん。

そこまで考えて、はたと思考を止める。

ちょっと待って。私はなにを考えているの。真央くんが私のことを好きだなんて、思い違いもいいところだ。

そうは思うものの、さっきから手を掴んだまま私の顔をのぞき込むように見つめてくる真央くんは、やっぱり困惑したような表情を浮かべているし、心なしか私の手を掴む力も強まったように感じる。

これは、その、もしかして……。

「そうなの？　葵ちゃん、村瀬に口説かれてるの？」

妄想《もうそう》を繰り広げていた私がなにも言えないでいると、目を輝かせた紫苑先輩が横から口を挟んだ。そのハスキーな声で現実に引き戻された私は、ドキドキと音を立てていた心臓を落ち着かせるべく、ゆっくりと息を吐く。

雲ひとつない青空の下、朝から恋バナをする四人の高校生。

この字面だけを見るとちょっと楽しそうな感じがするけれど、私には彼氏なんていないし、村瀬さんに口説かれているという事実もない。あと、洗濯機を囲みながら話している時点で色気がない。

「違いますよ、無言を肯定と捉《とら》えるのやめてください……」

私がそう言った途端、掴まれていた手は離される。『なんだよ、まぎらわしいな』と言わんばかりの視線を投げつけた真央くんは、そのまま部室の中へと戻っていった。

やっぱり真央くんって、私のことが好きなの？　いや、まさかそんなわけは、ね……。

「え〜、違うの？」

動揺する私をよそに、つまらなさそうに唇をとがらせた紫苑先輩。今日も赤いグロスがキレイに塗られている。

「当たり前じゃないですか。ていうか、なんでいきなり村瀬さんが出てきたんですか」

今度こそ洗濯物を取り出しながら日向先輩へ問いかければ、「ここだけの秘密なんだけど」と日向先輩は声をひそめた。

「あいつ最近、葵ちゃん葵ちゃんうるさいんだよな」

「……気のせいじゃないですか」

少し心当たりがあって一瞬言葉につまったけれど、ふいと顔を背けてごまかした。

「あ、照れてる？　葵、照れてる？」

そんな私の反応を都合よく解釈し面倒くさいテンションになってきた日向先輩を無視して、洗い終えた洗濯物を全部取り出してカゴに入れる。そのあと、もうひとつのカゴの洗濯物を洗濯機に入れて蓋をし、「お願いだから無視はやめて」という日向先輩の声を聞き流しながら第二弾《だいにだん》を回す。

実際、村瀬さんと話す機会は最近増えているとは思う。だけどそれは口説かれているわけではない。日向先輩の様子を伝えているだけである。

様子を伝えるといっても、『この前こんなことを言ってました』という報告をする程度の話だし、村瀬さんの期待している情報を与えられているとは思わない。それでも聞いてくるということは、なにか理由があるのだろうけれど、その理由を聞けるほど村瀬さんと話すことに慣れてはいなかった。

「真央くん、ハンガーありがとう……って、え、なに？」

教室からハンガーを持ってきてくれた真央くんは、私のもやもやを知ってか知らずか、再び顔をのぞき込むようにしてじっと見てくる。私はさっさとハンガーを受け取ってその視線から逃れようとするも、ハンガーを掴む手をなかなか離してくれない。

「ちょっと、真央くん」

ハンガーの引っぱり合いみたいになってきたところで、ようやく真央くんがその手の力を緩めた。なんて面倒くさいことをするんだ、と抗議の視線を向ければ、真央くんはふっと息を吐き出すように笑った。

それだけで顔が熱くなるのは、さっき変な妄想をしてしまったから、だと思う。うん、そのはず。

「……私、明るくなりましたか？」

赤くなった頬をごまかすようにパンパンと洗濯物のシワを伸ばしながら、さっき日向先輩に言われたことを口にすると、隣で干していた日向先輩がうなずいた。

「うん、今のお前は〝すすぎ〟って感じだな！」

「はい？」

意味が分かりません、と顔をしかめる。

奥のロープに洗濯物を干し始めていた真央くんも、『なに言ってんだ、こいつ』みたいな顔で日向先輩のことを見ている。

さらにその隣で日焼け止めを塗っていた紫苑先輩は、あきれたように笑った。

「心の洗濯、とかまた言い出すんじゃないでしょうね」

「ちょっと！　紫苑先輩、それネタバレ！」

「もうそれ聞き飽きたわよ」とため息をつく紫苑先輩の様子から察するに、日向先輩はどうやら似たようなことをよく言うらしい。

だけど私は、まだ聞いたことがない。「なんですか、それ？」と首をかしげると、日向先輩は誇らしげに胸を張って、こう言った。

「ここの部員はさ、最初は思いつめた顔をしてることが多いんだよ。それはきっと、みんななにかしらを抱えて生きているからなんだけど」

そんな前置きをしてから、日向先輩はこう続ける。

「でも俺は思うんだ。だれだって落ち込んだり、泣きたくなったり、悲しくなったりすることはある。いい感情だけを持って生きていける人なんて、多分この世の中にはいなくて、嫌な感情はどこにだって生まれるものなんだよ。だから、そういう嫌な感情は全部洗ってしまえばいい。キレイに干して、アイロンをかけて、またシャンと立って歩けるように」

ドヤ。そんな効果音がつきそうな顔をした日向先輩。

そのあと流れた十数秒の沈黙の重さを、私はきっと忘れないだろう。

「……いや、なんか反応して！　お願いだから！」

「はあ、あの、なんというか、急にポエミーですね」

「厨二《ちゅうに》っぽいとか言うのやめて！」

「だれもそこまで言ってませんよ……」

つまり、今のちょっと明るくなった私は、心の洗濯でいう〝すすぎ〟の段階だということか。

脱水して干してアイロンをかけることまで考えたら、まだけっこう序盤《じょばん》なのでは、と思うけれど、まあちょっとは前進しているみたいだ。それは、洗濯部の部員と関わっているときだけの話かもしれないけれど、なんの変化もないよりはマシだろう。

「まあ、つまりだな、この洗濯部はみんなから集めた物を洗うのはもちろん、自分たちの心も洗う場所なんじゃないかって俺は思うんだよ」

よく晴れた青空を見上げながら、日向先輩はそう言った。洗濯に対してだれよりも真剣に取り組んでいる日向先輩らしい考えだ。

相槌を打ちながらその話を聞いていたとき、ふと私の頭の中に、前々から不思議に思っていたことが浮かんだ。それは朝練で洗濯物のシワを伸ばすときの『今日もはためけ洗濯部』という掛け声のこと。

「あの、掛け声の〝はためけ〟っていうのも、心の洗濯となにか関係があるんですか？」

それとなく疑問を口にすると、紫苑先輩がニヤニヤと笑いながら日向先輩を見た。

「関係あるんですか〜？　どうなのどうなの〜？」

「ちょっと紫苑先輩、からかうなよ！　心の洗濯のことバカにしてんだろ！」

「バカにはしてないわよ。クサいなって思ってるだけ」

それってバカにしているのと似たようなものでは……と思いながら先輩ふたりを見ていると、紫苑先輩にいじられて恥ずかしくなったのか、顔を真っ赤にした日向先輩が私の問いに答えてくれた。

「あの掛け声はまゆみちゃんが作ったんだって。なんか〝はためけ〟には、ちゃんと意味があるらしいんだけど、何回聞いても教えてくれないんだよな」

「そこは本当に謎よね。私の先輩たちも知らないって言ってたし」

どうやら紫苑先輩が入部したときにはすでに、あの掛け声を使っていたらしい。そんなに昔からあの掛け声が使われていたとは驚きだ。

「てっきり日向先輩が作った掛け声なのかと……」

「葵、お願いだから、暑苦しいとか言うのやめて！」

「いや、だから、そこまで言ってませんって」

私がそう言ってなだめるのを、紫苑先輩はクスクス笑いながら、真央くんは興味なさげに見ていた。

日向先輩は気持ちを切り替えるように咳払いをして「それにしても」と口を開いた。

「最近、マジで印象変わってきたと思うんだけど。なにかあったのか？」

話がだいぶ戻ったな、と思いながら、私はその問いに答えようと思考を巡らす。『たぶん、みなさんと話すことに慣れてきたからだと思います』と言いかけたが……。

「あ」

「お？」

「そういえば……友だちができました」

つい先日会ったばかりの桜さん。その存在を頭に思い浮かべて、そう答える。

「今日もまた紫苑先輩と一緒に会いに行くことになっていて」と、伝え忘れていたことを口にすると、日向先輩は納得したようにうなずいた。

「ああ、なるほどな」

「なので放課後、またおふたりにお任せすることになるんですけど」

お願いします、と頭を下げれば、ポンと肩をたたかれる。

「俺らの分まで仲よくなってこい」と、目尻にシワを寄せた日向先輩。すべてを悟っているかのようなその口ぶりに、私は小さくうなずいた。


「わ、シュークリーム！　わざわざいいのに〜」

数日ぶりに会った桜さんは、「ありがとう」と笑顔を浮かべた。

「早速お茶いれるね。紅茶かコーヒーか、あ、りんごジュースもあるよ！　どれがいい？」

「私はコーヒー」

即決《そっけつ》した紫苑先輩は、「よろしく」と付け足して私へ視線を向ける。

「あ、えっと、私は……」

「葵ちゃんはジュースかな？　ちょっと待っててね」

パタパタと奥の部屋へ駆けていく後ろ姿を見ながら、どうして分かったんだろう、と思う。紅茶もコーヒーも飲めないと話したことはないような気がするのだけれど。

「私って、そんなに分かりやすいですか？」

「え〜？　んふふ、そうねえ」

曖昧に笑う紫苑先輩は、また迷いなく桜さんの部屋へと入っていく。私もその後に続いて、前と同じくラグの上に座った。

そういえば、さっきの桜さんの聞き方、紫苑先輩がいつも部室でお茶をいれてくれるときの聞き方に似ていたな、とぼんやり考える。

やっぱりずっと一緒に育ってきたからだろうか。

そう思えば、ふたりのまとう空気はどことなく似ているような気がした。

コーヒーのいい匂いがこの部屋まで漂ってくる。慣れたようにベッドに腰掛ける紫苑先輩は、鼻歌を歌いながら少女マンガをペラペラとめくっていた。

艶のある黒髪は、今日もアレンジされている。右サイドをねじってゴールドピンを留めただけなのに、おしゃれでかわいい。

「……紫苑先輩」

「ん〜？」

「あ、えっと……なんでもないです」

控えめな甘さのフローラルの香り。丁寧に施されたお化粧。そのすべては桜さんと話すためなのだと思うと、私がここにいてもいいのかな、と不安になった。私がもし紫苑先輩だったら、せっかくのふたりの時間をジャマしないでほしいと思うだろう。

でも、それをどう伝えたらいいか分からなくて、結局私は口をつぐんだ。

「葵ちゃん」

「は、はい」

「私はね、あの子の世界が広がっていってほしいって思うわ」

だから葵ちゃんが友だちになってくれて嬉しい、とまるで私の心を読んだかのように紫苑先輩はつぶやく。

驚いて顔を上げると、紫苑先輩はキレイな笑顔を浮かべていた。

その笑顔がどうにも切ないものに見えて、私は言葉を失う。なにか返さないと、と思ったけれど、結局なにも出てこなくてうつむいてしまう。

「お待たせ〜！」

ちょうどそのとき、お盆を持った桜さんが足でドアを開けながら部屋に入ってきた。

足でドアを開けるのはやはりクセらしく、何度紫苑先輩が注意したとしても直らない。もはや紫苑先輩も半分あきらめたように笑っていた。

桜さんと紫苑先輩のマグカップからは、湯気が立っている。りんごジュースが入ったグラスには、二個の氷が浮いていた。

「ねえ、今日はゲームしない?」

私の隣に腰を下ろして、桜さんが言った。

突然の提案に、思わずまばたきをする。

「ゲームですか?」

「うん。この前、紫苑とちょっとハマったゲームがあって」

桜さんの部屋にある小さなテレビの下の戸棚。「確かこの辺に……」とつぶやきながら桜さんはその戸棚を漁《あさ》る。

「あったあった、これ」

そのゲームの名前は私も見たことがあった。四人で対戦することもできる、と最近よくCMが流れている。

やったことはないけど大丈夫だろうか。でも、楽しそう。

もともと器用なタイプではない私は少し心配になりながらも、友だちと一緒にテレビゲームをするということ自体が久しぶりで、胸が高鳴った。

「あ、待って。コントローラーふたつしかないかも」

いそいそとセッティングをしている桜さんが、不意につぶやいた。その手には、白とピンクのコントローラーがひとつずつ握られている。

「紫苑、持ってなかったっけ？」

「ああ、あるわよ」

なんなら取ってくるけど、と言った紫苑先輩に桜さんは目を輝かせる。

ふたりのやりとりをぼーっと眺めていた私は、紫苑先輩が家にコントローラーを取りに行っている間、桜さんとふたりきりになるということに気づいて、背筋が伸びた。

桜さんの醸し出す優しい雰囲気と紫苑先輩のアシストがあれば緊張しないでいられるけれど、ふたりきりとなると話は変わってくる。なにを話せばいいのだろうと一抹《いちまつ》の不安を抱えながら、「じゃあ、ちょっと取ってくるわ」と部屋を出ていった紫苑先輩の背中を見つめた。

ガチャンと玄関のほうでドアが閉まる音が聞こえる。とりあえず心を落ち着けようとりんごジュースを飲んでみたけれど、味わう余裕はなかった。

「ねえ、葵ちゃん」

不意に桜さんが私を呼んだ。

「え、う、あ、はい！」

心の準備ができていなかった私は、なんとか返事をして顔を上げる。そんな私の様子を見て、桜さんは不思議そうに首をかしげてこう言った。

「……緊張してる？」

「少し」とうなずけば、柔らかい笑顔が返ってくる。

「別に緊張することないのに〜」

「あ、いや、あの……慣れてなくて」

素直にそう言うと、「私もだよ」と桜さんはふっくらとした頬を緩めた。

きっと事件が起きる前の桜さんはクラスの人気者だったのだろう。

桜さんの笑顔に、自分の心が落ち着いていくのを感じながら、私はふとそんなことを思った。

優しくて、かわいくて、細やかな気遣いができて、でも足でドアを開けちゃうようなギャップもあって。そりゃあモテモテのイケメンだって、桜さんの虜《とりこ》になるはずだ。

こんな分析《ぶんせき》が冷静にできるほど緊張が和らいだ私は、「ちょっと聞いてもいいかな？」と首をかしげた桜さんにうなずく。

「葵ちゃんと紫苑って、本当はどんな関係なの？」

その瞬間、コーヒーの香りがふわりと鼻をくすぐる。りんごジュースに浮いた氷がカランと音を立てた。

「……はい？」

「いや、言いにくかったら全然いいんだけどね？　でもやっぱりほら、一応確認しておきたくて」

妙にそわそわした様子で、桜さんは私を見る。

「か、確認？」

「ふたりは付き合ってるの？」

「へ？」と間抜けな声が出た。数秒経ってようやくその問いの意味を理解した私は、勢いよく首を振った。

「いやいやいやいや！　付き合ってないですよ！」

「そうなの？　紫苑がだれかを紹介してくれることなんて今までなかったから、てっきり彼女なのかと」

「全然そういうのじゃないですよ！　ただの先輩と後輩です！」

というか紫苑先輩は桜さんのことが！と心の中で叫《さけ》びながら全力で否定する。

今日は朝から恋バナばっかりだな。みんな、そういう話が好きなんだな。いや、まあ私も好きだけど。

でもどちらかというと私はいつも聞く側で、標的にされることには慣れていない。

「そっか」

コーヒーをすすりながら、桜さんはつぶやくようにこぼした。

どうやら納得してくれたようなその反応に、ああよかったと息を吐きながら、私もりんごジュースを飲もうとして……固まった。

……ちょっと待って。今、桜さんは、なんて言った？　付き合ってる？　彼女？

それはまるで、紫苑先輩が男だとでも言っているようだ。

もしかして、と思いながら顔を上げた。私の視線に気づいた桜さんは、視線に含まれている私の気持ちを察しているかのように柔らかい笑顔を浮かべて首をかしげる。

「あの、桜さん……」

気づかないふりをしておくべきだ、と頭の中で警鐘《けいしょう》が鳴った。でも、ここまで分かりやすい反応をしてしまったあとのごまかし方を、私は知らない。だからって、これ以上首を突っ込んではいけないことも分かっている。

どうしよう、どうしよう。『やっぱりなんでもないです』とうつむけば、この場をやり過ごすことができる？　いや、たとえ今はやり過ごせたとしても、私が桜さんの友だちである限り、疑問を抱えたまま接していくことになるのでは？　じゃあ、もう私は桜さんに関わることをやめるべき？　せっかくできた友だちなのに？

ぐるぐると自問自答を繰り返す。

正解が分からないまま時間だけが過ぎていく。チクタクと時計の秒針が進む音がやけに大きく聞こえた。

こんなとき、日向先輩や真央くんならどうするんだろう。あのふたりなら、どうやって切り抜けるんだろう。

ここにはいないふたりに想いをはせて、すがろうとしたときだった。

「……知ってたよ」

ポツリと落ちた桜さんの声。「知ってた」ともう一度繰り返された、その言葉。

目尻を下げて困ったように笑った桜さんに、目を見開いた。

「紫苑は、ウソをつくのが下手だから」

カタンと、部屋の外でなにかが落ちる音がした。

まさかと思って振り向けば……。

「……紫苑」

コントローラーが廊下に転がっていた。

その笑顔を守りたかった ―木村紫苑―

――〝俺〟には、生まれた頃からずっと一緒に育ってきた幼なじみがいる。桜という名の幼なじみは、よく食べ、よく眠り、よく笑う、心の優しい女の子だった。

気づけば、ずっと隣にいた。そのことがあまりにも普通で、なんの疑問も抱いたことはなかった。

中学生になってもその仲は変わらず、高校も当たり前のように同じところに入った。サッカー部のマネージャーになりたいと言った桜の背中を押した。自分は中学のときと同じくバスケ部に入った。

強豪サッカー部のマネージャーになった桜は、毎朝早くから練習に行き、夜も遅くまで選手の練習に付き合う。対して、曜日によって体育館の使える日が決まっているバスケ部の俺は、そこまで忙《いそが》しいわけではなかった。

だから俺たちは、入学当初こそ一緒に登下校していたものの、だんだんと別行動することが増えていった。それまで共に行動することが当たり前だったのに、一カ月もすれば別々に行動することにも慣れてしまった。

そんなある日のことだった。

風呂《ふろ》から上がると、一本の留守電が入っていた。時刻は二十三時を過ぎている。あくびをしながら再生すると……。

《……助けて》

その声を聞いた瞬間、一気に目が冴《さ》えた。頭の中が真っ白になった。すぐさま電話をかけ直したけれど、電源が切られていた。

家を飛び出した。桜の家のインターホンを押せば、桜の両親が慌てた様子で出てきて、桜がまだ帰ってきていないことを告げた。

急いでマンションを出る。走って、走って、走って、走って、走って。息が切れようと、足がもつれようと、とにかく走った。必死になって桜を探した。

桜が見つかったと彼女の両親から連絡《れんらく》があったのは、しばらくしてからだった。無事なのかと問えば、ただ無言が返ってきた。

慌てて病院へ行った。周りの制止も振りきって駆け込んだ病室の中、憔悴《しょうすい》しきった桜がいた。

「さ、くら」と震える声で名前を呼んだ。触れようと手を伸ばした。その瞬間……。

「あ、うっ、や……！」

彼女の大きな瞳からこぼれた大粒の涙。払いのけられた手。激しくなる呼吸。

それは、拒絶だった。

桜が強姦未遂事件に巻き込まれたということ、桜が記憶の一部を失っているということ、そして実の父親にも拒絶反応を示したということを、病室の外で桜の父親がポツリポツリと語った。

告げられた事実を呆然と聞いていた。ただただ、死にたいと思った。

その後の調べで、犯人はサッカー部の三年生、しかも複数人だったことが明らかになった。練習終わりに夕飯を共にしたあとのことで、未遂で済んだのは、現場である公園の近くをたまたま通りかかった近所の人が、異変に気づいたからだったという。

ここ最近桜の帰りが遅かったのは、単に練習が大変だっただけではなく、夕飯や遊びに付き合わされていたからだそうだ。

毎年希望者が殺到《さっとう》するマネージャーをしぼるための投票で、その犯人たちは桜に票を入れていた。それを桜も知っていたからこそ、断ることができなかったのではないかと、だれかが言っていた。

学校側は、この事件が明るみに出ないようにした。強豪だと名高いサッカー部に不《ふ》祥事《しょうじ》があったことを知られたくなかったのだろう。

犯人の三年生たちは停学や退学といった処分を受けたが、サッカー部自体はそのまま活動を続け、その年には全国大会にも出場した。

輝かしい栄光の裏にこんな事件があったことを知っているのは、教職員と当時のサッカー部の部員と、当事者たちの周りだけ。ほとんどの生徒は、自校のサッカー部を以前と同じように誇らしく思っていた。

自分がちゃんと隣にいれば、こんな事件は起こらなかった。たとえ面倒でも時間を合わせる努力をしていれば、桜の笑顔が失われることはなかった。

そうやって自分自身を責めたところで、時間を巻き戻すことはできなかった。


そんな俺が洗濯部に入部したのは、一年の五月のことだった。

「男として、じゃなかったら会いに行けるんじゃない？」

とにかくふさぎ込んでいた俺に声をかけたのは、養護教諭のまゆみちゃんだった。彼女はその立場上からか、事件の全容を把握《はあく》していた。

最初は、彼女の言葉の意味が理解できなかった。

「男としてじゃなかったらって、どういうことだよ」と顔を上げた俺に、まゆみちゃんは女子生徒用の制服とウィッグを手渡した。

それを身につけるようになるまで、さまざまな葛藤《かっとう》があった。性別を偽《いつわ》るということは、桜にウソをつくことになるし、だますことにもなる。俺と桜のこれまでの思い出が全部消えることになるのではないかと思った。

それでも、桜に会いたい気持ちは日に日に大きくなっていった。ずっと一緒に育ってきた幼なじみに抱いていた特別な感情は恋愛感情だったのだと一度自覚してしまえば、もう抑《おさ》え込むことができなかった。

初めてウィッグをしたとき、自分の顔立ちが整っていることに感謝した。

もともと色白だったことに加え、筋肉のつきにくい細身の体がこんなところで役に立った。バスケ部にいた頃はそれが嫌で仕方なかったが、でき上がった自分は、すらりと背の高いモデルのような女の子だった。

まだ入院中の桜に、早速会いに行った。また拒絶をされたら……と思うと、心臓が張り裂《さ》けそうだったけれど、それでも会いたかった。

病室のドアをノックすれば、「はーい」とずっと聞きたかった声が返事をした。震える手でドアを開ける。

「あら！」

向けられた笑顔がまぶしくて、喉の奥が焼けつくようだった。

「はじめまして、……で合ってるかな？　私は桜っていいます」

あなたは?と首をかしげた桜に、かすれた声で「紫苑」と名乗った。

「紫苑っていうの？　じゃあ、私たち仲間だね！」

紫苑も桜も花の名前だから、と桜が嬉しそうに笑う。

『それ、今までに何度も聞いたよ』と心の中で言葉を返す。実際には相槌を打つので精一杯だった。

「桜の花言葉に〝私を忘れないで〟っていうのがあるんだけど、紫苑の花言葉には〝君を忘れない〟っていうのがあってね？　すごく素敵だと思うんだ、私たちふたりの名前でおしゃべりしてるみたいで……って、私しゃべりすぎだね！　ごめんね初対面なのに！」

桜はそう言って、照れくさそうに笑った。

そのとき、心に決めた。性別を偽ってでも、この先なにがあっても、絶対に彼女のそばにいることを。

もう二度と手を離さない。うっとうしがられても追いかける。紫苑の花言葉のとおり、〝君を忘れない〟。あの頃の君の笑顔を取り戻す。この手で、君を守るよ。

ポロリとこぼれかけた涙を強くぬぐう。そして、この世でだれよりもキレイな笑顔を作った。

「私はあなたの幼なじみ。初対面じゃないから気を遣わないでいいわよ」

「え？」と声を漏らした桜に、満面の笑みで応える。

「私たちは……〝親友〟なんだから」

その日から、〝女の子らしさ〟をとことん追求した。

当時の洗濯部の先輩がおもしろがって施してくれた化粧。これがまたよく似合った。

母親の目を盗《ぬす》んで勝手に香水を借りたこともある。その香りが思った以上にしっくりきて、数日後には同じものを購入《こうにゅう》した。

内股で歩いた。言葉遣いも気をつけた。少しでも完璧な女の子に近づくため、いつまでも若いまゆみちゃんの仕草をマネした。

休学中の桜がいつか学校に戻ってきたとき、この姿のままでサポートすることができるように、常日頃《つねひごろ》から女装をするようになった。勉強も、桜にどこを聞かれても答えられるように、マジメに授業を受けた。

夏になるとウィッグが蒸れて不快だったため、自分の髪を伸ばした。

突然の変わりようにクラスメイトや近所の人は驚いていたけれど、理由を聞いてきたのはウワサ好きのおばちゃんくらいで、意味ありげに苦笑いをしておけば、たいていは都合よく勘違《かんちが》いをしてくれた。性的マイノリティーが世間に認知されている時代でよかったと思う。

二年になってみると、なにも知らない後輩から羨望《せんぼう》の眼差しを受けた。いつしか高嶺《たかね》の花として扱われるようになり、文化祭のミスコンでも優勝した。事情を知っている同級生たちからの同情するような視線を受けながらも、〝私〟は着実に色白黒髪美人の地位を確立した。

当の桜は、無事退院したあとも、父親以外の男とは接することができないでいた。

道ですれ違うだけでも汗が止まらないようで、外出をするにもかなりの勇気がいった。事件前後の記憶はなくとも、トラウマとして心の奥底に根づいている、男性に対する恐怖は、計り知れないものだった。

そんな桜と話すため、ただそれだけのために、私は偽りの仮面をつけ続けた——。

「……知ってたよ」

それなのに、桜はなぜ、こんなにも落ち着いた声で言うのだろう。

「紫苑は、ウソをつくのが下手だから」

その瞬間、全身の力が抜けた。手に持っていたコントローラーが、カタンと音を立てて廊下に転がった。

「……紫苑」

桜の声が部屋の中から聞こえる。しかし私はそれに答えることなく、壁に背中をつけてずるずるとその場にしゃがみ込んだ。

コントローラーを取りに行ってくると部屋を出たとき、人と関わることに慣れていない葵ちゃんが不安げな表情を浮かべていたことは知っていた。でも、桜ならきっと、そんな葵ちゃんの様子に気づくことができるだろうし、その緊張を和らげることもできるだろうと思った。

それでも少し気になった。葵ちゃんではなく、桜のことが。

家族や病院の関係者以外の人と桜が関わりを持つ機会は、私が知る限り、事件以降あまりなかった。

もともと桜はクラスの中心にいるような子で、友だちもそれなりに多かった。しかし、桜が事件に巻き込まれたということを知る人は少ない。どこかで入院のウワサを聞きつけてお見舞《みま》いに来た人も事件直後にはいたけれど、ところどころ記憶がなく、目に見えてやつれていた桜の姿に、悲しげに眉を下げて去っていくばかりだった。

それも少し落ち着いて、自宅から通院するようになった桜は、次第に友だちが欲しいとつぶやくようになった。

これから桜が生きていくためには、この安全な部屋に閉じこもっているだけではダメだと、薄々思っていた。あの子の世界がこんなちっぽけな空間で終わってしまってはいけない。もっと広げていってほしい、と。

そのためには、もっといろんな人と関わる機会を与えることが必要だ。自分にできることならなんでもしよう。

そう思っていた。その頃の洗濯部には男子部員しかいなかったけれど、いつか女子部員が入ってきたら桜に紹介しようと決めていた。

だから桜が葵ちゃんとふたりきりになったとき、どんなふうに接するか気になった。

ダッシュで一個上の階の自分の家までコントローラーを取りに行って、ひっそりと桜の家に戻ってきた。部屋の外で聞き耳を立てていた。まさか、こんなに自分が混乱することになるとは思わずに……。

「紫苑」

もう一度、部屋の中から桜が呼んだ。

頭の中が真っ白で、今自分がどうするべきなのか分からなかった。

足音が聞こえる。桜がドアのほうへと近づいてきた音だということは分かったけれど、それでも体は動かない。

「ねえ、紫苑」

ふわふわと優しい、人を落ち着かせるおだやかな声だ。私がこの世で一番好きな声。

ドアを開けた桜が、私の真正面に立った。狭い廊下で、視線を合わせようとしゃがんだ桜とぐっと距離が近づく。

拒絶されることが怖くて、思わず身をすくめる。そんな私の頭に、ポンと柔らかい手が乗った。

驚いて顔を上げると、すぐ近くに桜の顔があった。ぽってりとした唇がゆっくり動く。

「私ね、あなたの手が私より大きいことも、ごつごつと骨張っていることも、喉仏が出ていることだって知ってたよ」

　頭の上に乗っていた手がするりと髪を滑っていく。輪郭《りんかく》を伝って喉仏に触れたその柔らかな手は、さらに下へと滑り、私の手を取った。白くて、ふっくらしていて、キレイに爪が切りそろえられている手が、キュッと力を込めてくる。

「確かに事件のあった直後は混乱してて、記憶がごっちゃごちゃになってた。大好きな幼なじみのことを忘れてしまうくらいに、ボロボロだったと思う」

　桜の人差し指が私の手の甲をなでる。まるでこの手が骨張っていることを、確かめるように。

「通院でもいいよってお医者さんから言われた頃にはね、だいぶ私も落ち着いて。この部屋に戻ってきて最初にしたのは、アルバムを見ることだったの」

　その言葉に、ぴくりと反応した私の手。桜はそれを感じながら、さらに言葉を続けた。

「……びっくりした。なんで忘れることができたんだろうって。私たち、生まれた頃から本当にずっと一緒にいたのに、アルバムは紫苑との写真で埋《う》め尽くされていたのに、どうして忘れていたんだろうって」

　熱い息が漏れた。少しでも気を緩めると、涙がこぼれそうだった。

「もちろん、今でも思い出せないことはあるんだけど」と桜は言う。事件のときの記憶はほぼ空っぽで、その前後の記憶も曖昧だ、と。

そこでようやく、私はひとつの疑問を口にした。

「……怖く、ないの？」

ああ、声が震える。情けないな、と自嘲するように息を吐いた。

「私のこと、怖くないの？」

確かめるように、すがるように、もう一度問いかけた。

「怖いって、どうして？」

「だって私は男だよ。桜に会いたくて、桜と話したくて、桜のことが好きで仕方がない男だよ。触れたいとか抱きたいとか、そんな下心ばっかりの男だよ」

畳みかけるように吐き出した。喉元に込み上げてくる熱いなにかを、必死に抑えながら桜の顔を見た。

「……怖いわけないじゃない」

浮かべていた笑顔が崩れ、桜の眉が下がる。

「ずっと一緒に育ってきて、外出もできない私にいつも会いに来てくれて、いろんな話で私を笑顔にしてくれる人のことを、怖いなんて思うわけないじゃない」

その瞳から大粒の涙がこぼれ落ちる。

思わず抱きしめてしまった。震える桜の細い肩を、ギュッと力を込めて抱きしめて……ハッとする。

こうして触れることに、桜はまた拒絶を示すのではないだろうか。抱きしめられたことで過去のトラウマを思い出してしまうことはないだろうか。

「ご、ごめ……」

彼女の心に苦痛を与える可能性に怯《おび》えながら、腕の力を緩める。その瞬間……。

「紫苑」

背中に回った桜の腕にギュウッと力がこもる。

私の葛藤さえも知っていたかのように、自ら抱きついてきた桜。そのぬくもりと柔らかさに泣きそうになりながら、今度こそ、その存在を確かめるように抱きしめた。

じわりじわりとにじんでいく視界の隅で、部屋の中から様子をうかがうように顔を出していた葵ちゃんが、どうしたらいいものかと困惑していたけれど、今ばかりは放っておいても許されるだろう。

「ずっと守っていてくれたんだね」

世界で一番愛しい声が、耳元でささやく。

「そんな大げさなことはしてないけど」と照れくさくなってつぶやくと、桜は〝俺〟の腕の中でクスクス笑って肩を揺らした。

第三章　飛行機雲がすぐに消えると晴れ

ヘアピンと勇気

五月二十九日　晴れ
紫苑先輩、受験勉強ファイト！
葵はやっぱ村瀬に口説かれてるんじゃねーの!?
あと真央はちゃんと日誌書けよな！
——日向

＊＊＊

「おはようございます。遅くなってすみま、えええええ!?」

「うっせーぞ葵」

「大きい声出るようになったわね～」

ちょっと遅刻《ちこく》したかな、と思いながら部室へと駆け込んだ私を迎えたのは、先輩ふたりだった。

窓際には、いつもどおりスケッチブックを広げる真央くんの姿もある。大声を出した私をチラリと見て、あからさまに顔をしかめた。『静かにしろよ』という無言の圧力をビシビシ感じたけれど、いや、今はそれよりも……。

「し、え、し、紫苑先輩、……ですか？」

半信半疑で問いかければ、「正解」と軽い口調で返ってくる。

そのハスキーな声には確かに聞き覚えがあるのに、目の前にいるのは黒髪を無造作に遊ばせた男子生徒で、私は思わず息をのんだ。

「ネクタイしたの二年ぶりだわ。これ、すっごく窮屈《きゅうくつ》ね」

「え、あの、いや……え？」

話し方と見た目がまったく一致しないんですけど、と日向先輩に救いを求めた私に、

「まあ気持ちは分かる」と日向先輩は笑う。

鎖骨の下辺りまであった艶のある黒髪をバッサリと切った紫苑先輩は、男子生徒用の制服に身を包んでいた。黒曜石のような瞳が朝の太陽の光を浴びて、キラキラと輝いている。その姿はまさに、どこかのアイドルグループにいそうなイケメンだった。

「やっぱり話し方も戻したほうがいいかしら？」

そう言いながら人差し指を顎《あご》に置いて小首をかしげる紫苑先輩は、上目遣いで私を見てくる。

紫苑先輩の美貌にはようやく慣れつつあったのに、こうして見た目の性別がガラッ

と変わると緊張してうまく話せない。「違和感が半端ないです」とだけ伝えて私はイケメンから目を逸らした。

「ていうか紫苑先輩、もういいのか？」

不意に、不思議そうな日向先輩の声が響いた。「女装しなくても」と付け足された言葉に反射的に顔を上げて、私はあの日のことを説明しようと口を開いたけれど、どう言えばいいのか分からなくて、結局、口をパクパクさせて閉じた。

脳裏に焼きついているのは、桜さんの涙と紫苑先輩の笑顔。

ずっと桜さんを守ってきた紫苑先輩が報われたのだと、それらが物語っていた。まるでそれは映画のワンシーンのようで、紫苑先輩と出会って数週間しか経っていない私でさえもつられて泣きそうになった。

あの場に私が居合わせてしまってよかったのかどうかは分からないけれど、私はあの場にいることができてよかった、と今になってじわじわと思う。

だってきっと、紫苑先輩の中でなにかが大きく変わった瞬間だったのだ。感動したという言葉を使ってしまうとなんだか薄っぺらくなる気がするけれど、本当にただ純粋に感動したのだ。

「ええ、もういいのよ」

その必要はなくなったから、と笑った紫苑先輩はやっぱりキレイで。直視できないほどのまぶしい笑顔に、私はまたそっと視線を逸らした。

「今日はね、お別れを言いに来たの」

【退部届】と丁寧に書かれた封筒《ふうとう》。それを紫苑先輩が机の上に置いた。

「え」と私の口から声が落ちた。

「お別れ、って……」

あわあわと日向先輩を見ると、こうなることが分かっていたように日向先輩は落ち着いていて。真央くんに視線を移すと、スケッチブックから顔を上げて紫苑先輩のことをじっと見ていた。

開けられた窓から五月の風が入ってくる。そよそよと心地いい風だ。私の長い前髪が風になびく。

「一応ね、けじめをつけようと思って。ほら、受験勉強にそろそろ本腰入れろって今井も言ってたし。他の部活の三年生もけっこう引退してるし、洗濯部も波に乗るべきかなって」

そう言いながら紫苑先輩は、自分の短くなった髪をさわる。「切りすぎたかしら」と笑った紫苑先輩を見て、私はすべてを察した。

受験勉強も、もちろん理由のひとつだろう。でもきっと洗濯部を退部する一番の理由は、もうここにいる必要がなくなったからだ。

〝死にかけ〟だった紫苑先輩は決めたんだ。生きていくことを。

「私は一年の五月に洗濯部へ入部してから、いろんな人との出会いと別れを繰り返したわ」

まるっと二年間。その年月に想いをはせるように紫苑先輩は目を閉じる。

「それぞれなにかを抱えていたはずのみんなが、最後にはとびっきりの笑顔を見せて去っていくの。それが私はすごく嬉しくて……ちょっと寂しかったわ」

私にもいつか、そんな日が来るのだろうか。こんなふうにだれかに想いを語る日が、なにかを伝える日が、来るのだろうか。

「日向」と紫苑先輩が名前を呼ぶ。「なんすか」と返事をしながら日向先輩は目尻にシワを寄せる。

「あんたは本当に面倒くさい男よね」

「ここで罵《ののし》ってくる必要ある⁉」

「人一倍熱くて、うるさくて、そのくせ打たれ弱いんだもの。あと敬語が下手」

「いや、だって別に紫苑先輩に敬意を表す必要ないと思……ウソだって！　ちょ、痛いから！　すねを蹴《け》るな！」

じゃれ合うように言い合うふたりが、しんみりした空気を流さないように気を遣ってくれているのだと、分かるようになった。出会ってから数週間しか経っていないけれど、ほぼ毎日顔を合わせていたのだ。先輩ふたりがいつも部の雰囲気を明るくしてくれていることは、しっかり感じ取っていた。

きっと真央くんもそれを分かっているのだろう。相変わらず笑顔は少ないけれど、ふたりを見る目はどこか柔らかいような気がした。

「まあ、今のは冗談《じょうだん》で」

「冗談にしては俺の受けたダメージがでかすぎるんすけど」

蹴られたすねをさすりながら、ぶつぶつとつぶやく日向先輩。

紫苑先輩はそれを見てあきれたように息を吐いて、「あんたが部長でよかったわ」と笑った。

「……ちゃんと、走り出しなさいよ」

トンと日向先輩の肩をたたいた紫苑先輩は、そのまま窓際にいた真央くんへ視線を向ける。

「真央くん」

小さく名前を呼ばれると、真央くんはパイプ椅子を引きずって、紫苑先輩の横へ座った。

正統派アイドルのようなイケメンと、色素の薄い美青年が並ぶ。めまいすら覚えるその光景に、私はまたうつむいた。

「私のことも素敵に描いてくれるかしら。できれば……そうね、超絶美少女にしておいてくれる?」

「…………」

「あ、待って待って、窓際行こうとしないで~!」

パイプ椅子に座ったまま後ずさろうとした真央くんを、紫苑先輩はケラケラと笑いながら止める。白い目を向けられていてもおかまいなしだ。むしろ白い目を向けられていることを喜んでいるようにも見える。

「私ね、真央くんが感情豊かになっていくのがとても嬉しかったのよ」

不意に紫苑先輩は声のトーンを落とした。

真央くんはそんな紫苑先輩をじっと見つめる。その顔に、はっきりと感情が浮かんでいるわけではない。でも、瞳の強さや醸し出す雰囲気、その行動を注意深く見ていると、真央くんがどんな感情を持っているのか、私はぼんやりと分かるようになっていた。真央くんは今、おだやかな気持ちで紫苑先輩を送り出そうとしている。

「ねえ、真央くん。みんなのこと、支えてあげてね」

静かに落とされたその言葉にこくりとうなずいた真央くんを見て、紫苑先輩は満足げに笑った。

「……さて」

「は、はい！」

ゆっくりと向けられた視線に思わず返事をすれば、ぷっと笑われた。「まだ呼んでないわよ」と笑い声交じりのハスキーな声が返ってくる。

しくじった、と頭を抱えた私をひとしきり笑ってから、紫苑先輩は咳ばらいをして私と向き合った。

「葵ちゃんは空気を読もうとしすぎるところがあるから、ちょっと心配してたんだけど……。でも、もう大丈夫そうね」

柔らかい声が届く。

対して私は、紫苑先輩がそこまで私のことを見ていてくれたことに驚いて、うまく言葉が出なかった。

確かに私は、空気を読もうとしすぎるのだ。人と関わることを避けていた間に、その能力は培《つちか》われた。相手の機嫌をうかがいすぎて、それが結果的に空回ることはもはやテンプレとなっている。だからボロが出ないよう、あまり話さないようにしているのだけれど。

そんな私のことを、紫苑先輩は分かっていてくれたんだ。心配してくれていたんだ。

だれかに気にかけてもらえることが、こんなに嬉しいことだなんて思わなかった。

いつも優しい笑顔を向けてくれる紫苑先輩に、私は甘えさせてもらっていたのだ。

「ぜ、全然です。私は全然、大丈夫じゃないです……」

だから、まだ洗濯部にいてください。そう言葉を続けたかった。

今井さんがもう二度とここへ来ないと言ったとき、どうしてみんな引き留めないいんだろうと不思議に思っていた。でも、今なら分かる。ここを出ていくということは、きっと喜ぶべきこと。生きることを決めた紫苑先輩の背中を押すことが、私たちのするべきこと。

それなのに私は、紫苑先輩がいなくなってしまうことが寂しくて、気を抜くと泣いてしまいそうだった。

ドアのところで突っ立ったまま、私はカバンの持ち手をギュッと握る。泣きそうなことを悟られないよう、長く伸ばした前髪で壁を作った。そのときだった。

「……え?」

急に視界が明るくなった。顔を上げると、目の前には紫苑先輩がいた。前髪は全部、紫苑先輩の人差し指がすくっていて、右側に流した前髪にぐっとなにかが刺さる。

「うん、やっぱりよく似合う」

そう言って、紫苑先輩は私に鏡を見せる。そこに映っていたのは、見慣れた私の顔と、見慣れないヘアピンだった。キラキラとしたそのヘアピンはお花がモチーフになっていて、中央にはパールがついている。そのかわいさに息をのんで、それから私は慌てて紫苑先輩を見た。

「こ、これ……！」

「お礼よ」

「お礼って……え？」

なにもお礼されるようなことはしていないはずだけど、と首をかしげる。むしろお礼をしなきゃいけないのは私のほうだ。紫苑先輩にはお世話になりすぎた。

戸惑う私にふわりと笑って、紫苑先輩は目線を合わすように膝を曲げた。とっさにうつむいて前髪に隠れようとしたけれど、紫苑先輩がくれたヘアピンがそれを阻止《そし》する。どうしようもなくなった私は、結局紫苑先輩と向き合うしかなくて覚悟を決めた。

黒曜石みたいな瞳に、不安げな私の顔が映る。情けなく下がった眉までしっかりと見えていて、前髪がいかに自分を隠すことに役立っていたのかを実感した。

「最初出会ったとき、自分は存在価値がないって言ってたよね」

紫苑先輩の形のいい唇が動く。その唇には、もう赤いグロスは塗られていない。

「でも、私は葵ちゃんがいなかったら、桜の本音を聞くことはできなかったわ」

そう言われて、あ、と思う。

確かに桜さんが私にいろいろと話してくれなかったら、それを紫苑先輩が聞くことはなかった。きっと今も、紫苑先輩は桜さんと話すために完璧な女の子になりきっていただろう。だけど、そんなの……。

「そんなの、ただの偶然《ぐうぜん》で、私はなにも……」

「偶然だっていいのよ」

紫苑先輩の真剣な眼差しが私を貫《つらぬ》く。

「え」

「葵ちゃんがいてくれたから、その偶然が起きたのよ」

紫苑先輩はどうしてこうも、素敵な言葉を知っているのだろう。私はいつも救われてばかりだ。

「葵ちゃんに救われた人間がいるってこと、忘れないで」

ポンと、頭の上に骨張った手が乗った。その手は二回頭の上で跳ねて、私の髪を乱す。

「紫苑先輩……」

その手のぬくもりを感じながら、じわりと涙が込み上げてきた。

本当に、私が救ったのだろうか。人付き合いがとてつもなく下手で、話すのも下手で、なんの取り柄もない私が、こんなに素敵な人を救ったのだろうか。

本心で言ってくれているのかどうかは分からない。分からないけれど、紫苑先輩が同情だけでこんなことを言うとは思えなかった。

「じゃあ、そろそろ行くわね。まゆみちゃんにもよろしく言っといて」

「了解。もうここに来れないんだから、忘れ物すんなよ！」

日向先輩はそう言って念を押す。

「多分、大丈夫だと思うわ。あ、真央くん、今度からお茶係頼んだわよ」

『分かった』というように真央くんはゆっくりと一度大きくうなずいた。

「最後にこれだけ言っとくけどさ、やっぱ見た目と口調のギャップがすげーわ」

「あらやだ」

努力するわ、と紫苑先輩が笑う。

私はキュッと唇を噛んだまま、動けなかった。伝えたい言葉があるはずなのに、出てこない。それがもどかしく、だけど焦れば焦るほど、口を開くことが難しかった。

「……洗濯って不思議よね」

ふと、窓の外を見ながら呟いた紫苑先輩。つられて視線を移すと、雲ひとつない青空を飛行機がゆっくりと横断していくところだった。その通った道を示す飛行機雲は、すうっと空に溶けるように消えていく。

「面倒くさいし、やらなくていいならやりたくないけれど。泥まみれで汗臭かったものがキレイになると、心がぱーっと晴れる気がするわ」

紫苑先輩は少し照れくさそうに笑って、マグカップに残っていたハーブティーを飲み干して立ち上がる。

「それじゃあ……みんな元気で」

ひらりと優雅に手を振った紫苑先輩に、日向先輩が手を振り返す。

ドアの前に突っ立ったままの私の横を、紫苑先輩が通り過ぎた。その瞬間、鼻腔をくすぐった香りはもうフローラルではなくて……。

「紫苑先輩っ」

思わず呼び止めた私に、紫苑先輩はゆっくりと振り向いた。いつもの優しい笑顔で、「どうしたの?」と首をかしげる。

私だって、救われた。その笑顔に、優しい声に、気遣いに、何度も何度も救われた。それをどう伝えればいいのだろう。最適な言葉が思い浮かばない。それでも、感謝の気持ちを伝えたくて……。

「ありがとうございました……っ」

このひと言で、すべてが伝えられるとは到底思わない。だけど、これだけでも伝えないと後悔すると思った。

深く頭を下げた私の肩を、紫苑先輩がそっとたたく。

「君のおかげだよ。こちらこそありがとう」

キレイに笑った紫苑先輩は、とてもかっこよかった。

「へえ、紫苑さんが引退か」

放課後のグラウンド。今日も相変わらず爽やかな陸上部員の村瀬さんは、三人になった私たちをいち早く見つけて声をかけてきた。陸上部もつい最近三年生が全員引退したらしく、納得したようにうなずいている。

「陸部の三年生、だれも残ってねーのか」

意外そうに声を上げたのは日向先輩だった。

どういうことかと首をかしげた私に、「陸上は個人競技だから、強い人は夏まで残ったりするんだよ」と村瀬さんが説明してくれた。

「まあ、一個上は人数自体少なかったしな。せめてリレーだけでも残れたらよかったんだけど、他の学校もだいぶ仕上げてきてたから」

村瀬さんはそう言いながら、チラリと日向先輩の顔を見た。その視線の動きにつられて、私も日向先輩に注目する。

私たちふたりの視線を受けた日向先輩は、「なんだよ」と怪訝そうな表情を浮かべて首をかしげた。

「いや、別に」

「なんだよ、村瀬は本当に俺のこと好きだな！」

「ああ!?」

まだ空っぽの洗濯カゴを抱えながら、ふたりの言い合う様子を眺める。

真央くんはむわっと暑いグラウンドが嫌なのか、隙あらば部室に戻ろうとする。それを阻止すべくシャツの袖を掴むと、真央くんはあきらめたように隣に立った。

「あ、言い忘れてたけど俺、部長になったから」

「村瀬が？」

「うん。陸上部は特に洗ってもらう物ないけど、まあよろしく」

村瀬さんは爽やかな笑顔を浮かべて、日向先輩の肩をたたく。「おう」と日向先輩も笑顔を返した。

その笑顔に、村瀬さんはなにか言いたげな表情を見せる。

「あのさ――」

「行かなくていいのか？」

なにか言いかけた村瀬さんにかぶせるようにして、日向先輩が問いかけた。三年生が引退して少し人数が減った陸上部の集団を指差して、「もうみんな体操してんぞ」と笑う。

「部長ってのは、みんなを引っぱってこそ部長だと俺は思うわけだ！」

「あー……」

村瀬さんはそう言って、目を逸らす。

「みんな、お前がなにを言ったかじゃなくて、なにをしたかを見てんだよ。それは足が速いとかそういうことじゃなくて、普段だれよりも声を出してたり、だれよりも早く練習に来てたり、そういうことだと思う。小さいことだけど、陸上に対する熱意にみんなはついてくるんだ」

日向先輩は前のめりになりながら、村瀬さんにまくし立てる。

「……うん」

なにか言いたげにしながら、でもうなずいただけの村瀬さん。

「ほら、部長が遅れてどうすんだよ」

「……そうだな」

熱く語る日向先輩に、村瀬さんは苦笑をこぼす。「たまにお前はいいことを言う」とつぶやいて靴紐《くつひも》をキュッと結び直した。

「じゃあ、俺行くわ」

「おう！」

「あと葵ちゃん、前髪はそっちのほうがかわいいと思う」

「は、へ、……え」

最後に爆弾を投下して、颯爽と走り去っていった村瀬さん。呆気にとられながら前髪をさわると、紫苑先輩のくれたヘアピンが指に触れる。

「……やっぱお前、村瀬に口説かれてんじゃねーの？」

その後ろ姿を眺めながらぼそりとつぶやいた日向先輩に、「とんでもない！」と首を振った。

奇妙なデート

六月三日
特になし。
――真央

＊＊＊

「日向先輩……」

普段のぞかない棚の後ろをのぞき込む。壁との隙間にたまっていたホコリにげんなりしながら顔を上げる。

「あったか!?」

「いや、見当たらないです……」

「マジかよ！　俺どうしたらいい!?」

そう言って頭を抱えた日向先輩を無視して、私はホウキの柄にフローリングクリーナーの立体吸着シートを巻きつけて輪ゴムで留める。それを棚と壁の間に入れてごそごそ動かせば、ずずずっとホコリがひっついてきた。

どうして朝七時半から部室の掃除をするような羽目になったのか。その原因は日向先輩だった。

「どこ行ったんだ、俺の進路希望調査の紙は！」

「紙飛行機とか作ってるからですよ……」

「まったくそのとおりだ！　俺のバカ！」

今日提出しないとボコられる、とつぶやきながら、自分のリュックの中をもう一度漁っている日向先輩。私はそれを横目にホコリのついたシートをゴミ箱に突っ込んだ。

真央くんは、どうやら紫苑先輩の似顔絵を描いているようだった。納得がいくまで描き続けるスタイルは相変わらずで、スケッチブックをめくる音がたびたび聞こえてきている。

外はしとしとと雨が降っている。ベランダに設置されている洗濯機はカバーに覆われながら、今日もぐおんぐおんと低い音を立てていた。

六月に入って、空気はじっとりと湿気《しっけ》を帯びた。まだ少し肌寒い日もあるけれど、もうカーディガンはいらないだろう。

「もう梅雨だな」

日向先輩はため息交じりにそう言った。

お手数ですが
切手をおはり
ください。

郵便はがき

1 0 4 - 0 0 3 1

東京都中央区京橋1-3-1
八重洲口大栄ビル7階

スターツ出版(株)　書籍編集部
愛読者アンケート係

(フリガナ)
氏　　名

住　　所　　〒

TEL　　　　携帯／PHS

E-Mailアドレス

年齢　　　　性別

職業
1. 学生(小・中・高・大学(院)・専門学校)　2. 会社員・公務員
3. 会社・団体役員　4.パート・アルバイト　5. 自営業
6. 自由業（　　　　）　7. 主婦　8. 無職
9. その他（　　　　）

今後、小社から新刊等の各種ご案内やアンケートのお願いをお送りしてもよろしいですか？
1. はい　2. いいえ　3. すでに届いている

※お手数ですが裏面もご記入ください。

お客様の情報を統計調査データとして使用するために利用させていただきます。
また頂いた個人情報に弊社からのお知らせをお送りさせて頂く場合があります。
個人情報保護管理責任者：スターツ出版株式会社 販売部 部
連絡先：TEL 03-6202-031

愛読者カード

お買い上げいただき、ありがとうございました！
今後の編集の参考にさせていただきますので、
下記の設問にお答えいただければ幸いです。よろしくお願いいたします。

本書のタイトル（　　　　　　　　　　　　　　　　　　　　　　　）

ご購入の理由は？　1. 内容に興味がある　2. タイトルにひかれた　3. カバー(装丁)が好き　4. 帯(表紙に巻いてある言葉)にひかれた　5. 本の巻末広告を見て　6. 小説サイト「野いちご」「Berry's Cafe」を見て　7. 知人からの口コミ　8. 雑誌・紹介記事をみて　9. 本でしか読めない番外編や追加エピソードがある　10. 著者のファンだから　11. あらすじを見て　12. その他

本書を読んだ感想は？　1. とても満足　2. 満足　3. ふつう　4. 不満

本書の作品を小説サイト「野いちご」「Berry's Cafe」で読んだことがありますか？
1.「野いちご」で読んだ　2.「Berry's Cafe」で読んだ　3. 読んだことがない　4.「野いちご」「Berry's Cafe」を知らない

上の質問で、1または2と答えた人に質問です。「野いちご」「Berry's Cafe」で読んだことのある作品を、本でもご購入された理由は？　1. また読み返したいから　2.いつでも読めるように手元においておきたいから　3. カバー(装丁)が良かったから　4. 著者のファンだから　5. その他（　　　　　　　　　　）

1カ月に何冊くらい小説を本で買いますか？　1. 1～2冊買う　2. 3冊以上買う　3. 不定期で時々買う　4. 昔はよく買っていたが今はめったに買わない　5. 今回はじめて買った

本を選ぶときに参考にするものは？　1. 友達からの口コミ　2. 書店で見て　3. ホームページ　4. 雑誌　5. テレビ　6. その他（　　　　　　　　）

スマホ、ケータイは持ってますか？
1. スマホを持っている　2. ガラケーを持っている　3. 持っていない

ご意見・ご感想をお聞かせください。

文庫化希望の作品があったら教えて下さい。

生活の中で、興味関心のあること、悩みごとなどあれば、教えてください。

いただいたご意見を本の帯または新聞・雑誌・インターネット等の広告に使用させていただいてもよろしいですか？　1. よい　2. 匿名ならOK　3. 不可

ご協力、ありがとうございました！

「梅雨入りはまだみたいですけどね」

「雨の日が増えるとテンション下がるな！」

「口より手を動かしてください。見つからなくて困るのは先輩でしょ」

窓の外に目をやる日向先輩を咎《とが》めて、私はホウキを持ったついでに床を掃《は》いてみる。

だけど、授業に出ていない真央くんが定期的に掃除をしてくれているらしく、床はそこまで汚くない。

「雨、私はそんなに嫌いじゃないです」

ホウキで掃く手を止めてポツリとつぶやくように声を落とすと、日向先輩と真央くん、ふたりの不思議そうな視線がこちらへ向いた。

「なんで？」

首をかしげた日向先輩。

確かに雨の日は空気も少し重たくなるし、空の色もキレイとは言いがたい。傘を差さなければいけなかったり、雨が靴に浸透《しんとう》してきたり、いろいろとわずらわしさもあるけれど……。

「え、っと、大した理由ではないんですけど……歌、を」

「歌？」

「はい。雨の日なら、どれだけ音痴《おんち》でも歌いながら帰れるので」

傘を差しながら歌うと、傘に当たる雨の音が下手くそな歌声を隠してくれる。傘の中だと音が反響して、だれにも知られない自分だけのステージみたいになるのだ。

「だから雨はそんなに嫌いじゃないです」と、ホウキを持った手を再び動かしながら言ってから、ふと気づく。

あれ、ひょっとして私、今めちゃくちゃ恥ずかしいことを暴露してない……？

「えっと！　えっと、まあ、あの、歌いながら帰ったこととか全然、これっぽっちも、あの、ないんですけどね！」

「いやお前、ごまかすの下手すぎんだろ」

日向先輩の冷静なツッコミが飛んできて、私はうなだれるしかなかった。

「葵はどんなの歌うんだ？」

「十八番はとなりのトト……じゃなくて、もうこの話は終わりで！　さっさと見つけないとチャイム鳴りますよ！」

「やべえな！」

半ば強引に話を終わらせた私を笑いながら、日向先輩はまたリュックの中を確認している。

私は部室の一カ所に集めたゴミをちりとりで拾って、そのままゴミ箱へと入れた。よく見ると、ゴミ箱周辺には砂や紙くずなどが落ちていた。

「わ、この辺も汚いです……ね。あれ？」

ゴミ箱を退けて、そこを掃こうとしたときだった。ひらりと二枚の紙が床の上を舞うように転がった。

ひとつは、折り目がたくさんついている進路希望調査の紙。名前の欄《らん》に大きく【三浦日向】と書かれたそれは、まぎれもなく私たちが探していたものだった。

「あ、日向先輩、これ……！」

思わず声を上げると、ドタドタと日向先輩の足音が近づいてきた。

その間に、二枚の紙を拾う。探していた進路希望調査の紙と、もう一枚。裏返っていた厚めの紙の欠片《かけら》を手に取って、私は表に向けた。

そこに書かれていた文字を見て、私は「え」と声を漏らした。

「どうした葵！　ってこれ、見つけてくれたのか！」

明るい日向先輩の声がすぐ後ろで聞こえる。

「あ、そこにあって……」

「恩に着る！　お前は本当に洗濯部期待のルーキーだな！　……って、それ」

固まっていた私の背後から、日向先輩はつぶれた紙飛行機を奪い去っていく。

私が左手に持っていた厚めの紙の欠片を、隠したほうがいいのかと葛藤しているうちに、日向先輩はその存在に気づいたようで口を閉じた。

「……それは捨てといて」

一瞬の沈黙のあと、いつもよりも随分低い声で頼まれた。

「え……」

急に日向先輩の声が低くなったのは、なにも雨の日でテンションが下がっているからとか、そういうことではない。その原因は私の左手の中にあると、直感で分かった。

私が左手に持ってどうすべきか悩んでいたのは、ビリッと大きく破られたことが分かる賞状の欠片だった。欠片といっても通常の賞状のほぼ半分の大きさで、見事に上半分だけ残した状態のままゴミ箱の下に隠れていたのだ。

賞状の上半分には、【三浦日向殿《どの》】とばっちり名前が書かれていて、百メートル走で優勝していることがはっきりと読み取れた。

「捨てといてって……捨てられるわけないですよ。だって、大切な物じゃないですか」

これがどんな規模の大会の賞状なのかは分からないけれど、その紙質や厚さで、お遊び程度の大会ではないということは分かる。

そんな大会で優勝するのは、飛び抜けた才能があるのはもちろん、ちゃんと練習をして、努力をしてきた人にしか与えられない名誉《めいよ》なこと。それなのにこの賞状の欠片は、随分長い間ゴミ箱の下に眠っていたらしく、ざらざらと砂がついている。さらに、強引に破られた断面がどこか痛々しかった。

「陸上やってたんですか？」

ああ、これは核心に触れる質問なのかもしれない。

そう気づいていながら、私の口は止まることを知らなかった。

「……別に、昔ちょろっとしてただけで、今は洗濯に夢中だし」

私に背を向けながら、日向先輩は小さくつぶやく。

「それはウソじゃないですか。ちょろっとしてただけの人が優勝なんてできるわけないです」

日向先輩は、だれよりも熱心に洗濯部の活動を行っている。そのことはよく分かっているけれど、今の彼の言葉は言い訳のようにしか聞こえなかった。

「すごい努力したんじゃないですか、なんで辞めちゃったんですか」

「ケガして、走れなくなったから」

ぼそりと静かに言葉を落として、日向先輩は「もういいだろ」と言う。

熱血タイプの日向先輩が中途半端になにかに取り組む姿は想像がつかない。洗濯に打ち込むことで、忘れようとしてきたのだろうか。その情熱を、違う方向に持っていこうとでもしたのだろうか。

「でも日向先輩、この前途中で雨降ってきたとき全力疾走《ぜんりょくしっそう》してましたよね」

スケッチブックの上を滑る真央くんの鉛筆の音が止まったことに気づいたけれど、

一度火がついた私の追及《ついきゅう》は止まらない。

「本当はもう治ってるんじゃないですか？　だから村瀬さんはいつも日向先輩を気にして――」

「ほっとけよ！」

部室中に大きく響いたその声に、びくっと肩が揺れた。

日向先輩は進路希望調査の紙を握った手に力を込める。ただでさえくしゃくしゃの紙が、さらにつぶれた。

「葵だって、毎日毎日あれ持ってくるくせに、一度も吹いたことねーだろ！」

その瞬間、息が止まる。

日向先輩の視線の先にあったのは、私がいつも持ってきている黒いケース。見捨てることもできない〝かつての相棒〟。

「真央くんだって、声出ねーだろ！」

そう吐き捨てるように日向先輩は言って、口をつぐんだ。

私はバカだ。日向先輩にとっての走ることは、私にとってのトランペットと同じなのだ。真央くんの声についても然《しか》り。よく考えもせず首を突っ込んでいいものではなかった。

シンと静まり返った部室に、ヒュッと息の音が聞こえる。でも、私も日向先輩も、真央くんの口の動きを見ることはなかった。

「……ごめん、言いすぎた」

苦々しい表情で、日向先輩がポツリと言う。「この紙、見つけてくれてありがと」と、くしゃくしゃになった進路希望調査の紙を机の上に広げた。

「……私のほうこそ、ごめん、なさい」

うわごとのように私もつぶやいた。

こんなとき、紫苑先輩ならどうするんだろう。

私は自分の前髪に留まったヘアピンを、無意識のうちにさわっていた。


「こんにちは、洗濯部です！」

「こ、こんにちは洗濯部です……」

放課後、いまだぎくしゃくしながら、私たちはグラウンドを歩いていた。朝から降り続いていた雨は少し止み、傘を差さなくても大丈夫なくらいの小雨になっていた。

「どうした、今日はお通夜みたいだな」

そう言われても否定できない雰囲気を、きっと私たちは醸し出していたのだろう。

駆け寄ってきた村瀬さんの爽やかな笑顔が、今日はいっそうまぶしく思えた。

「別にいつもどおりだけど」

「ふーん、そっか」

そうつぶやく声は腑《ふ》に落ちてなさそうだけれど、「葵ちゃんも真央くんもヤッホー」と気を取り直したように笑いかけてくれる村瀬さん。

私たちの力だけでは修復できないような溝《みぞ》をその笑顔が埋めてくれる気がして、私は彼に無性にすがりたくなった。

授業中もずっと考えていた。いつもなら空気を読みすぎて、結局なにも言えない臆病な私が、どうして口を出してしまったのか。

それはもう、完全に調子に乗っていたとしか思えない。この一カ月弱で日向先輩のことを分かったつもりになっていた。私たちは〝仲間〟だから話してくれるんじゃないかと、どこかで期待してしまっていた。紫苑先輩のことを救えたのは偶然だったのに、それが私の変な自信になっていたのかもしれない。

でも、間違えた。その人にとってそれなりの理由がなければ、きっと〝死にかけ〟にはなっていない。私が屋上に行ったのも、周りからしてみれば小さな悩みに見えるだろうけど、当人は必死でそれと闘《たたか》っているのだ。悩みの大きさを他人のものと比べることなんて、だれにもできない。

それを分かっているからこそ、今までみんな核心に触れないように過ごしてきたのに、私がそれを壊した。軽々しく触れるべきではなかったのだ。

空っぽの洗濯カゴを抱え直す。

真央くんの色素の薄い瞳がこちらをじっと見ていることには気づいていたけれど、情けない顔を見せたくなくて、意地でも振り向かなかった。

「ところで、葵ちゃん」

不意に村瀬さんの顔が視界に入る。

「は、はい！」

いきなりの爽やか笑顔におののいて数歩後ずさると、背中が真央くんに当たった。でも謝るような心の余裕もなくて、そのまま返事をした。

「今日部活終わったあと、時間ある？」

「え、あ、全然、暇《ひま》です」

「じゃあデートしよ」

「あ、はい！」

よかった、気まずい空気を救ってくれた、とホッと息を吐いたのも束の間。

なるほどデートね、あーはいはいオッケーオッケー……。

「……へっ、デート？」

気の抜けた声で繰り返した私に、村瀬さんはニッコリと微笑む。

同時に、後ろから真央くんのとてつもない負のオーラが飛んできた。このタイミングでそういう態度を取られると、ヤキモチを妬《や》かれているみたいだと都合のいい勘違いをしてしまいそうになる。

「やっぱり葵は村瀬に口説かれてんのか！」

なぜか嬉しそうな日向先輩の明るい声が、どんよりとした空気を裂くように響いた。


「いらっしゃいませ」と店員さんの柔らかい声が響く。

いまいち状況を把握しきれていない私が、村瀬さんに導かれるままにやってきたのは、雰囲気のいいカフェだった。

間接照明がオレンジの光でぼんやりと辺りを照らし、控えめに流れているBGMと人の話し声がちょうどいい具合に混ざっている。店の奥には、黒く大きなグランドピアノとドラムセットの置かれた小さなステージがあった。

「突然誘って悪かったな」

村瀬さんが眉を下げて笑いながら、そう口を開いた。

「え、あ、いえ」

案内されたのはソファー席。村瀬さんと向かい合うように座れば、思っていたよりもソファーはふかふかで、体がゆっくりと沈んだ。

そして私の隣には……負のオーラを放ったままの真央くんがどすんと腰を下ろした。

「こっちこそ、その、……すみません」

デートだと言われたのに真央くんを連れてきてしまって、と頭を下げると、村瀬さんはおかしそうに笑った。

そう。ノリノリで送り出してくれた日向先輩と対照的に、真央くんは私の制服の袖を掴んで離してくれず、どうしようもなかった私はそのまま連れてきてしまったのだ。

正直言って、デートなんて初めてだし村瀬さんとふたりでうまく話せる自信もなかったから、真央くんが隣にいてくれることはとてもありがたいのだけれど。

「いや、ちょうどよかったよ。真央くんにも頼みたいことあったから」

「へ」

呆気にとられて口を開けた私に、「なに頼む？」とメニューを見やすく差し出してくれる村瀬さん。その気遣いだけで、この人はデートみたいなことに慣れているんだろうなと、なんとなく感じ取れる。

いろんな種類のコーヒーの名前が羅列《られつ》されているページの一番下にココアという文字を見つけて、安堵しながらそれを指差すと、隣から伸びてきた真央くんの指も同じものを選んでいた。

「了解」と笑った村瀬さんはまたもやスマートに店員さんを呼んで、私たちの分まで注文をしてくれる。

なるほど、これはモテるな。

「……ん？」

「あ、いや、なんでもないです」

凝視《ぎょうし》していたのがバレて恥ずかしくなった私は、目の前に置かれていたお冷に口をつける。おしゃれなグラスに入ったそれは、ふんわりとレモンの香りがした。

「三浦と、なにかあった？」

私がグラスを置いたのと同時に投げかけられた質問。驚いて顔を上げれば、「当たりだな」と村瀬さんは笑った。

「どうして……」

「なんとなく。そんな顔してたから」

そんなに私って分かりやすいのか。感情を隠すことがうまいと自負していたのに、ここ最近は見抜かれることのほうが多い。

そこまで考えて、いや違う、と首を振る。

きっとこれまでは人を避けていたから、私の感情の変化に気づいてくれるような人がいなかっただけだ。逆に言えば、紫苑先輩や桜さん、村瀬さんは私のことをちゃんと見てくれているからこそ気づいたのだろう。

敵わないな、と思いながら隣に座る真央くんを見上げる。すると真央くんは私の視線に気づいて、トンと文字どおり私の背中を押した。

真央くんも、いつだって私のことを気にかけてくれて、そっと後押しをしてくれる。今だって、日向先輩のことを深く聞いてもいいのかと迷う私の心をすべて分かっているようだ。

『聞いてみれば』と促してくれた真央くんに、私は小さくうなずいて、村瀬さんに向き直った。

「……ひ、日向先輩は、どうして陸上を辞めてしまったんですか？」

ギュッと膝の上で手を握った。

爽やかで気の回る村瀬さんは、やはりデートという名目で私にこの質問をする機会を作ってくれたのだろう。私の聞きたかったことを予想していたようにうなずいて、ゆっくりと口を開いた。

「ケガしたっていうのは聞いた？」

「あ、えっと、はい。でも日向先輩、この前も普通に走ってて……」

「うん、なるほど」

大丈夫、分かるよ、と私を安心させるように笑いながら、村瀬さんは少し考えるように宙に視線を投げた。

そこに店員さんがふたつのココアとアイスコーヒーを運んできてくれる。

「ミルクは要りません」と断って会釈をする村瀬さんはやっぱりスマートだ。店員さんが去っていったのを目で追いつつ、ガムシロップも入れずにアイスコーヒーをひと口飲んで、私たちに向き直った。

「三浦は中学のときに全国大会も経験してるようなスプリンターでさ、高校でも入部したときから期待されてたんだ」

「スプリンター……？」

「あ、短距離走者ってことな」

首をかしげた私に、村瀬さんは分かりやすく補足しながら話してくれる。

「一年の春からあいつはリレーメンバーにも選ばれてて、でもそれを決して驕《おご》ったりはしなくて。むしろだれよりも早く朝練の準備を始めて、だれよりも大きな声を出して、だれよりも真剣に練習に打ち込むような、そんなヤツで」

だからみんなからも絶大な信頼を得ていたのだと、村瀬さんは言う。

その日向先輩の姿を想像するのはとても容易なことだった。きっと今と同じように、一生懸命に取り組むような人だったのだろう。

「でも、それが知らぬ間に、三浦の重圧になっていたんだと思う。脚に違和感があってもだれにも相談できないような、そんな空気が流れてたから」

おそらくだれも日向先輩をつぶそうと思って期待をかけていたわけではないのだろ

う。そのことが分かっていたからこそ、日向先輩はひとりで抱え込むしかなかった。

結果、脚に違和感を抱えたまま走り続けたのかもしれない。

「俺たちが三浦をつぶしたんだ。ケガをして走れなくなった三浦のことを、だれも責めたりはしなかったし、……治ったらまた一緒に練習をするんだろうなって能天気にも思ってた」

そう言って、村瀬さんはふっと自嘲するように笑みをこぼした。

まるでそれは、私自身の話を聞いているようだった。

部のみんなから期待されながら主力として活躍《かつやく》していたトランペット吹きとスプリンター。知らぬ間に重圧となっていたそれは、また元の場所に戻ることに対する恐怖へと変わった。臆病な私は人と関わることを避け、日向先輩は陸上へ向けていた情熱を洗濯へと向けることで昇華《しょうか》した。

その状況がほとんど同じで、思わず息がこぼれる。

でも、ひとつだけ、明らかに違う点がある。

「俺はまた、あいつと走りたい」

ゆっくりと噛みしめるように村瀬さんは言う。その目はとても真剣で、強い意志を持っていた。

日向先輩には、こうして待ってくれている人がいる。いつでも戻ってこられるように、常に日向先輩のことを気にかけている村瀬さんがいる。

それは、日向先輩がこれまで作り上げてきた人望なのだろう。だれよりも熱心に練習に取り組んでいた姿を、だれよりも大きな声を出す姿を、みんなが見ていたのだろう。

食い入るように村瀬さんを見つめる私の隣で、真央くんはマグカップを両手で持ち、ココアを冷ますように息を吹きかけていた。

「三年生が引退して、陸上部は新しい体制になった。三浦がいない間に、俺たちも着実に力をつけた。三浦に頼らなくても強いチームでいられるように、俺は陸上部を支えていくつもりでいるよ」

だから、とつぶやいた村瀬さんの声はかすれていた。

「葵ちゃんと真央くんの力を貸してほしい」

「え……？」

「今週末、大会があるんだ。そこに三浦を連れてきてほしい」

真正面に座る村瀬さんが、頭を下げた。

その行動に驚いて慌てて声をかけようとした私の肩を、真央くんが制するように掴む。色素の薄い瞳は、『最後まで聞け』と私に言っているようだった。

「いい走りをするよ。三浦が、また俺たちと走りたいと思うような、そんな走りをするから」

　頭を下げたまま、村瀬さんはポツリポツリと言葉を並べる。

　日向先輩は、幸せ者だ。私が欲しくてたまらなかったものを持っている。こんなに純粋に思ってくれる人がいる。

　いいな、と言葉がこぼれそうだった。でも私はそれをぐっとのみ込んで村瀬さんを見つめた。

「だから、連れてきて」

　もう一度、念を押すように言った村瀬さん。

　隣の真央くんに確認するように視線を向ければ、こくりと小さくうなずいてくれた。私もそれにうなずきを返して、視線を戻す。

「……必ず、連れていきます」

　私の返事を聞いて、村瀬さんはホッとしたように笑顔を見せた。

「はあ、よかった……」

「え？」

「いや、ごめん。あいつけっこう頑固なところあるから、俺から言っても絶対来ないし」

「あ、確かに……」

村瀬さんに誘われても首を縦に振らない日向先輩が簡単に想像できて、思わず同意する。

そんな私に村瀬さんは、「葵ちゃんは三浦の扱いに慣れてきたな」と言っておかしそうに笑った。

聞きたいことが聞けた私と、言いたいことが言えた村瀬さん。互いに目的を達成した私たちは、ようやく緊張が解けて飲み物を味わう。ふうっと息を吐いてココアを口に含むと、その甘さがゆるゆると全身にしみた。

そのとき、不意に店の中に流れていたＢＧＭが消えた。何事かと思ってきょろきょろと周りを見回せば、他のお客さんたちも不思議そうにしている。

「……なんだろな？」

そんな村瀬さんの声と同時に、店の奥のほうから拍手の音が聞こえてきた。

え？と視線を向ければ、グランドピアノとドラムセットが置かれていた小さなステージにライトが当たっていた。

グランドピアノの前には白髪交じりのおじいさん、ドラムセットの前には大学生っぽいお兄さんが座っていて、さっきまでなかったはずのコントラバスを、眼鏡をかけたおじさんが抱えている。

さらにステージの真ん中には、金色のトランペットを持った明るい髪色のお姉さんが立っていて……うん？　あれ？　え？

　それぞれが少しずつ音を鳴らしてチューニングをしている間、私はもうトランペットのお姉さんから目を離せなかった。なぜなら、その明るい髪をよく知っていたから。クラスのクールな一匹狼。お昼休みはいつもひとりで、でも堂々と教室の中でメロンパンをかじっている。この前の体育の時間は、バスケットボールを顔面キャッチした私を見て心配そうにしていた女の子。

「よ、米川さ……ん……？」

　驚いた私の声をかき消すように、いっせいに四人が音を鳴らした。性別も年齢もバラバラの四人が鳴らすその音楽は、店にいたお客さんを釘《くぎ》づけにする。

　なにも考えずに、自由に、遊ぶように、音を操る。それなのにところどころ四人の音がぴたりと合わさって、ハッとするような響きを生む。

　ジャズだ、と思う。

　吹奏楽部にいたときに、文化祭用に少しだけ演奏したことはあったけれど、それとこれとは比べ物にならなかった。

　これは、私たちが指揮棒に合わせて演奏していた〝ジャズの曲〟ではない。ジャズ特有のスウィングとアドリブ、そしてなにより遊ぶような音色。店のお客さんみんなを魅了《みりょう》するこれこそが〝ジャズ〟なのだ。

主役が次々と移り変わっていく。けれどトランペットはやっぱり花形で、米川さんが息を吹き込むと、一気に曲が盛り上がるのを感じた。

「……すごい」

感嘆の声がポロリと、ごく自然に落ちた。

一曲目が終わって、あちこちから拍手が送られる。

「〝Blowin' The Blues Away〟」

米川さんがマイクを通して大事そうにつぶやいたその曲名が、心の中にすっと響いて、私は傘の中で繰り返し唱えながら帰り道を歩いた。

未知なる扉

六月七日　晴れ
このままの天気が土曜日まで続けばいいな。
紫苑先輩の似顔絵の完成が楽しみです。
超絶美少女に描いてあげてね、真央くん。
――葵

＊＊＊

たまらん。ひと言で表すと、この言葉に尽きる。

村瀬さんと真央くんとの奇妙なデート（？）から数日。私はジャズを聴《き》き漁っていた。

アート・ブレイキーの『モーニン』、ビル・エバンスの『枯葉《かれは》』、デイブ・ブルーベックの『テイク・ファイブ』、ビリー・ストレイホーンの『A列車《エーれっしゃ》で行こう』、グレン・ミラーの『ムーンライト・セレナーデ』……。

初心者にもおすすめなジャズ曲をグーグル先生に教えてもらって、とにかくひたすら聴いた。どこかで聴いたことのあるメロディーも多く、私がその世界にハマるのはあっという間だった。

教壇《きょうだん》では、古典の先生が『宇治拾遺物語《うじしゅういものがたり》』を朗読している。教室の生徒の半数近くは既に脱落し、眠りについていた。前の席の寺島さんの頭がゆらゆらと揺れているのを眺めていた私は、そっと廊下側の一番後ろの席へと視線を移した。

明るい髪色の一匹狼・米川さんは、意外とちゃんと授業を聞いているらしい。机の上には教科書もノートもきちんと開いて並べてあって、チャラチャラしてそうなわりにマジメなんだな、とぼんやり思う。

米川さんはいつからジャズをしているのだろう。トランペットの上を楽しげに動く指はなめらかで、ハイトーンもキレイに出ていた。ああやってカフェで演奏していたということは、半分プロみたいな感じなのかな。これ聴いとけって曲があったりするかな。

聞きたいことがたくさんある。でも、話しかける勇気は持ち合わせていない。

そんな臆病な私は、米川さんの指がノートの上で遊ぶように動いているのを見るだけで、なんだか満足したような気になっていた。

「ねえ、あたしの顔、なにかついてる？」

だから、こうして米川さんから話しかけてもらえるなんて、思ってもみなかった。

四限目終了のチャイムが鳴ると同時に、教室から出ていった古典の先生を目で追っていた私の前に、ふさがるようにして立った米川さん。

私はカバンから取り出したお弁当箱を、危うく落としそうになった。

「え、あ、え、えっと」

早くここをどかないと、寺島さんの友だちが来てしまう。きっと今日も私の席を使うだろうから、私がいたらジャマになるのに。

そう思うけれど、私は米川さんに話しかけてもらえたことで気が動転して、わたわたと両手を意味もなく動かす。うまく目を見れなくて、とっさに前髪で隠そうとうつむいたけれど、紫苑先輩からもらったヘアピンがそれを阻止した。

「さっきの時間、やたらこっちを見てなかった？」

米川さんがそう言って首をかしげる。明るい色をした髪がサラリと揺れた。

バレてる……！　こっそり盗み見ていたつもりだったのに、米川さんには気づかれていたようだ。

うわああ、と心の中で小さな私が絶叫する。実際の私は、ぽかんと口を開けたまま固まってしまった。

そんな私を不思議そうに見て、米川さんは再度首をかしげる。

教室にいたクラスメイトたちは私たちふたりが話している様子を興味深そうに見ていた。浮いている者同士の会話がそんなに珍《めずら》しいのだろうか。いや、珍しいのだろう。教室中から遠慮なく向けられる視線は、ただただ好奇心にあふれている。

「ね、なにかついてる？」

それなのに米川さんは、周りのことなんてまったく気にも留めていない様子で私へと問いかけた。

米川さんの顔をしっかり見たことはなかったけれど、こうして近くで見てみるとばっちりお化粧が施されていて、カラコンも入れているようだ。明るい髪色とそのお化粧が米川さんを大人っぽく見せていて、余計に近寄りがたく感じるのかな、とふと思う。

加工された大きな黒目がじっと私に向いていて、なにか言わないと、と焦った私は口を開いた。

「ほ、……ホレました」

「は？」

あ、終わった。

米川さんの驚いたような表情。教室中から向けられていた視線。サーッと顔から血の気がなくなって、考えるより先にスマホとお弁当を持って私は教室を逃げ出した。

ものすごい勢いで部室のドアを開けた私を、うっとうしそうに真央くんが見た。

でも、もうそれどころではない。片手に持っていたお弁当箱を机の上に置きながら、
私は今にも叫びたい気持ちを押さえて、「うぐぐぐ」とうなった。

私はやっぱりバカだな、おい！　お昼休みが終わったらどんな顔して教室に行ったらいいのよ！　今日が昼練当番の日で本当によかった！

廊下での私の激走を見た人は、私の五十メートルのタイムが十三秒台だなんて思いもよらないだろう。

「はあああ……」

大きくため息を吐き出した。心臓がドクドクと鳴っている。

視界の端で真央くんが立ち上がる。ふわふわと色素の薄い髪を揺らしながら、うなだれる私の後ろを通り過ぎていく。

「真央くん……わたしゃもうダメだ……」

なぐさめの言葉が返ってくることは期待していない。でも吐き出さなければ、恥ずかしさでこの世から消滅《しょうめつ》してしまうような気がした。藁《わら》にもすがるような気持ちとは、こんな気持ちのことを言うのだろうか。

ぐでっと机の上に上半身を乗せて、真央くんのほうを向いた。

真央くんは至極面倒くさそうな顔をしながら、既に取り入れてくれていた洗濯物を抱えて私のほうへ向かってきた。どうやら話を聞いてくれる気はあるらしく、ドサッと机の上に洗濯物を置いて、私の隣のパイプ椅子に腰を下ろす。つい最近まで紫苑先輩の指定席だったところだ。

「この前、村瀬さんと三人でカフェに行ったとき、ジャズの生演奏見たでしょ？　あれでね、トランペット吹いてたのが私のクラスの米川さんっていう人で」

初めの頃、真央くんに感じていた畏怖《いふ》はどこへやら、私の口はペラペラと言葉を吐き出していく。

「すっごい心が揺さぶられたんだ。私もトランペットを吹いてたけど、私が吹いてたのと全然違うものに聞こえて、楽しそうで、自由で、いいなあって思った」

さっき米川さんへ伝えた言葉は、あながち間違いではない。ホレたのだ、あの楽しそうな演奏に。

「さっき教室で米川さんが話しかけてくれてね、こうやって言いたかったんだけど、でも、あの、……うがあああ」

恥ずかしさが舞い戻ってきて、思わずうなる。

そんな私を真央くんはチラリと見てから、洗濯物の山から一枚ビブスを抜き取ってゆっくりと畳み始めた。

つられて私もだるだると体を起こし、同じようにビブスを手に取る。

今日の洗濯物は、ラグビー部のビブスと数枚のタオルだけだった。いろんな部活の洗濯物があるときは混ざり合わないようにいくつかの山に分けて畳まないといけないけれど、その手間もなく量も少ない。

「このあと、どんな顔して教室行ったらいいのか分かんないや」

ため息交じりにそうつぶやいて、ビブスを机の上に置いて半分に折り、そこから三つ折りにする。さらにそれを半分にして、折り紙くらいのサイズにした。

隣にいる真央くんも、同じく折り紙サイズに畳んだビブスを私の畳んだビブスの上に重ねて置く。

以前、『ビブスくらい適当に四つ折りでもいいのでは？』と日向先輩に言ったことがある。そのとき、『ビブスくらいってなんだ！』と怒られたことは今でも忘れられない。

日向先輩いわく、畳み方によって相手に気持ちが伝わるらしい。洗濯物とちゃんと向き合って丁寧に畳めば、相手からもそれだけの信頼が返ってくる。だから適当に向き合っていいものなんてないんだ、と力説していた。

あのときは大げさだなと思うだけだったけれど、なんだか今はその言葉がすっと心に届いてきた。

「……ちゃんと、話してみたいんだけどな」

ちゃんと向き合って話してみたら、もしかしたらこの気持ちが伝わって、心を通い合わせることができるかもしれない。そんなちょっとした期待を含めてつぶやいた。

隣に座っていた真央くんは、私をチラリと見てから鉛筆を持った。利き手は左。スケッチブックの上をサラサラと滑る。

【話してみればいい】

ずいっと差し出されたスケッチブックには、シンプルにそれだけ書かれていた。

うん、そうだ。私が恐れずに話をすればいいことなんだけれど。

「でも私、話すの下手だし」

【だいぶうまくなった】

「確かに真央くんたちとは毎日一緒にいるから、そう思ってもらえてるかもしれないけど……」

でも、と続けた私を遮るように、真央くんが私に手を伸ばした。反射的に目をつむれば、右のこめかみ辺りに柔らかい圧迫《あっぱく》を感じる。

真央くんが触れたのは、紫苑先輩からもらったヘアピンだった。

「……え？」

どういう意図か分からず首をかしげた私にため息をついて、真央くんはまた左手を動かす。

【もっと自信を持て】

少し崩れたその文字は、まるで魔法みたいに私の背中をそっと押した。

いつだったか、前にもこんなふうに真央くんに話を聞いてもらったことがある。特に言葉をかけてくれるわけでもないのに、彼の隣にいるととても落ち着いて、話を聞いてもらうだけで心が軽くなるような気がするのだ。

そういえば、あのとき部室に入ってきた女の人はいったいどうなったのだろう。なんとなくの予想だけど、あの人は真央くんのお母さんだと思う。そして多分、真央くんが〝死にかけ〟になった理由もそこにあるのだろう。

ぼんやりとそんなことを考えながら、もう一度真央くんの顔を見る。

今にも消えそうなはかなさを持った美青年は、私の視線に気づいてゆっくりとこちらを向いた。

「…………」

『な、に』

ゆっくりとその口が動いた。

「なんでもない」と首を振って、私は洗濯物の山からもう一枚ビブスを引っぱり出す。

「私、自信を持ってしまったら、この前日向先輩に言ったような、考えなしのひどいことを言うかもしれない」

【自分の気持ちを伝えるのは別に悪いことじゃない】

「……うん、そっか。そうだね、今度改めて米川さんとちゃんと話してみる」

そう言葉にしたら、なんだかすっきりとした気持ちになった。

真央くんは私がどうしたいのかを引き出すのが本当に上手で、話を聞いてもらうだけで私は救われたような気持ちになる。それはきっと、真央くんが私のことを少なからず気にかけてくれているからだろう。

そんな真央くんに甘えて、私はもうひとつ不安なことを口にした。

「日向先輩のこと、誘えるかな。一緒に土曜日来てくださいって、言えるかな」

折り紙サイズにビブスを畳んで、チラリと真央くんの表情をうかがう。

背中を押してくれないかなと期待する私の心の中を読んだかのように、真央くんは小さく笑ってスケッチブックを差し出した。

【大丈夫】

他の文字に比べて大きく書かれた、その三文字。

【僕もいる】

とても心強い味方だと思った。嬉しくて、スケッチブックに落としていた視線を上げると、真央くんはゆっくりと安心させるように一度うなずいてくれた。

真央くんの声は、どんな色を持っているんだろう。

私はこのとき初めて、真央くんの声を聞いてみたいと思った。


「なあ葵、土曜日ってなにかあんのか？」

いろんな部活から洗濯物を回収して、部室に戻ってきたタイミングで日向先輩が口を開いた。

放課後の空はキレイな夕焼け色に染まっていて、部室の中までオレンジの光が差し込んでいる。

お昼休みは結局、米川さんと話してみるという決意とは裏腹に、五時限目の授業が始まるギリギリの時間まで部室で真央くんと過ごしてしまった。放課後も逃げるように部室に戻ってきた私を真央くんは咎めることもなく、スケッチブックに【また今度頑張れ】と書いて背中を押してくれた。

でも、日向先輩を誘うのは今日じゃないとダメだった。なかなか勇気が出なくて誘えなかったけれど、もう土曜日は明日だ。『また今度』と逃げることはできない。

「ほら、土曜日まで晴れててほしいって日誌に書いてあったからさ！　ちょっと気になってんだよ。もしかして、またデートか!?」

俺は全力で応援《おうえん》するぞ、とノリノリの日向先輩は、「てるてる坊主《ぼうず》でも作っとくか」と棚の中段からコピー用紙を数枚取り出して机の上に置いた。

いつものパイプ椅子に座ってコピー用紙をぐしゃっと丸め始める姿を見て、一度大きく息を吸った私は、隣に立つ真央くんに視線を向けた。

真央くんはそんな私を見下ろして、ゆっくりとうなずく。そのとき揺れた色素の薄い髪は、窓から差し込む夕日のオレンジを浴びてキラキラと光った。

私も同じように真央くんにうなずき返す。そしてギュッと手を握って、日向先輩の向かいの席に腰を下ろした。

「デートじゃないです」

ギッとパイプ椅子が音を立てる。「一枚ください」とコピー用紙をもらいながら、どういうふうに誘えばいいのか考えあぐねる。

真正面に座る日向先輩はいまだ勘違いしているらしく、「照れなくてもいいぞ」と笑っている。

きっと正直に誘っても頑固な日向先輩は来てくれない。『陸上の大会に行きましょう』と言ったところで、『お前らだけで行ってこい』と言われそうだ。

今日まで時間はあったのに、ジャズばかり聴いていてなにも考えていなかった自分を恨む。

『連れてきて』と頭を下げた村瀬さんが頭をよぎる。私たちみたいな頼りない後輩に頭を下げてでも、村瀬さんは日向先輩と走りたいのだ。

せっかく頼ってもらったのだから、私だって頑張りたい。いつだって日向先輩のことを気にかけて、私たちのことまで気にかけて、笑顔で話しかけてくれる村瀬さんの役に立ちたい。

「土曜日はデートじゃなくて、すごく……大切な約束があって」

ぐしゃっと丸めたコピー用紙を、さらに新しい紙で包む。

「大切な約束？」

なんだそれ、と日向先輩は首をかしげつつ、私と同じように丸めた紙を新しい紙で包んだ。

いまだに最適な誘い方が分からない私は、助けを求めるようにチラリと真央くんを見た。

ドアの近くに立ったまま、私たちがてるてる坊主を作る様子を見ていた真央くんは、私の視線に気づいて、持っていたスケッチブックを開く。そして、左手でサラサラと文字を書き始めたかと思えば、そのまま私の隣に座り、ドンと机の上にスケッチブックを置いた。

「お？」

に顎で示した。
ぽかんと口を開けたまま真央くんを見ると、真央くんはスケッチブックを見るよう
突然の真央くんの行動に、日向先輩と私の間抜けな声が響く。
「へ？」
「……出張？」
【土曜日　出張洗濯部】
日向先輩は不思議そうに首をかしげる。
真央くんはもう一度スケッチブックを手に取り、左手を走らせた。
ドンと再び机の上に置かれたスケッチブックには、村瀬さんが言っていた競技場の
名前が書かれていた。私は思わず真央くんを見上げた。
「ちょっとちょっと、これは直球すぎるんじゃない!?」
スケッチブックに視線を落としたっきりなにも言わなくなった日向先輩に背を向け
て、ひそひそと真央くんの耳元で話す。
洗濯部の活動にだれよりも熱心な日向先輩は、『出張』という響きには弱いだろう。
いや、まあ、出張っていうのもよく分からないけれど。でも、競技場の名前をダイレ
クトに伝えてしまったら、日向先輩は『行かない』と言い張るに違いない。だってほ
ら、その証拠《しょうこ》にスケッチブックを見つめる日向先輩の眉根は寄っている。

焦る私とは対照的に、『直球のなにが悪い』とでも言いたげに堂々としている真央くん。その色素の薄い瞳は強い意志を持っているようだった。

「……村瀬、か」

不意に日向先輩がつぶやいた。

「村瀬がお前らに頼んだんだな」とまた確認するように小さく言って、スケッチブックから顔を上げる。

ここまで直球で言っておいて、今さら隠す必要もない。そう思った私は、意を決して日向先輩に向き直った。

「大会に行きましょう、日向先輩。私たちと一緒に」

右のこめかみ辺りに留まっているキラキラのヘアピンをさわりながら、私ははっきりとそう言った。さわっていたら、紫苑先輩が勇気を貸してくれるような気がしたのだ。

「行かない」

しかし予想どおり、日向先輩は首を横に振った。

私たちだけで行ってもなんの意味もないことを分かっているくせに、「お前らだけで行ってこい」と、これまた予想どおりの反応をする。

だからといって、ここで引くわけにはいかなかった。

「それは、どうしてですか？」

作りかけのてるてる坊主に視線を落とした日向先輩を、じっと見つめて口を開いた。

ああ、また私は核心に触れることを言ってしまうかもしれない。

心のどこかでそう思いながらも、止めることはできそうにもなかった。

「俺が行ったって、どうにもならないだろ。多分、ジャマになるだけだ」

ごまかすように日向先輩は笑う。でも、目を合わせようとしない時点で、きっとそれは本心からの言葉ではないのだろう。

「日向先輩が行かないのは、未練があるからじゃないですか」

私の言葉に、ぴくりと日向先輩の肩が揺れる。その姿を見て、確信した。

分かってるんだ、きっと。村瀬さんたちが走っている様子を見たら、心を揺さぶられるって。また走りたくなるって。

でも、だれよりも熱心な日向先輩のことだ。一度辞めてしまった中途半端な自分がのこのこと戻ることが許せないのだろう。いくら周りがそれを望んでいたとしても。

そうでなきゃ、こんな苦しそうな顔をするはずがない。

「本当は戻りたいんじゃないですか？」

「……めろ」

日向先輩の小さな声が聞こえる。それでも、私はやめるつもりはなかった。

「村瀬さんたちと一緒に走りたいんじゃないですか？」

「やめろ」

相手と丁寧に向き合えば、それはきっと相手に伝わる。そう言っていたのは日向先輩だ。ここで私がやめてしまったら、私はまただれとも中途半端にしか向き合うことができなくなる。それでは、洗濯部に入った意味がない。

「陸上、好きなんじゃないですか？　好きだからたくさん練習して、努力していたんじゃないですか？」

「やめろって言ってんだ！」

「やめません！」

顔を上げて怒鳴った日向先輩に、負けるもんかと声を張った。

日向先輩は今まで見たことのないような険しい顔で私を見ている。

いつもの私だったら、きっとひるんでなにも言えなくなっただろう。だけど今日の私は、隣に真央くんという味方がいる。前髪には紫苑先輩のくれたヘアピンがある。

そしてこの大役は、村瀬さんが任せてくれたものだ。

「日向先輩の悪いクセです！　いつもいつも笑顔で、周りのことばっかり考えて！」

目を逸らさずに伝えよう。いつも日向先輩がそうしてくれたように。

「そうやって全部吐き出してくれたらいいんです！　なんのために私たちがいると思

ってるんですか！」

洗濯部に入ってから初めてだ。だれかと向き合って、こんなにはっきり気持ちを伝えるのは。

そのとき、日向先輩の瞳が揺れた。手の中に握られていたてるてる坊主が、くしゃりと歪む。

「洗濯部の活動をがむしゃらに頑張っても、忘れられるわけがないです！　優勝できるくらい本気でやってたこと、本気で好きだったこと、忘れら、られ、忘れられるわけ……ないです……」

か、噛んだ！　なんでここで噛むんだ、私……！

こんなにまくし立てて話すことが久しぶりで、舌が回らなくなった。勢いを失った私は、水を与えられなかった花のようにしおれていく。

そんな私を、隣の真央くんはあきれたように見ていた。

「……忘れられるわけない、か」

日向先輩は気の抜けたように息を吐き、そのままリュックを背負って出ていこうとする。

「日向先輩！」

とっさにその背中に声をかけた。ドアに手をかけた日向先輩は、ぴたりと動きを止める。

「土曜日、待ってます。日向先輩のこと待ってます。……みんな、待ってますから！」

私は必死に言葉を紡いだ。

しかし日向先輩は振り向かず、そのままドアを開けて出ていった。

オレンジ色に染まる部室で、隣にいた真央くんがポンポンと私の頭をたたいた。

びっくりして見上げると、真央くんはゆっくりとうなずいた。どうやら私の健闘をたたえてくれているらしい。その不器用な優しさに、私は「ありがとう」とつぶやいた。

机の上には、日向先輩の作りかけていたてるてる坊主が残っていた。

私の言葉が日向先輩の心にちゃんと届いたかどうか分からない。でも、私はちゃんと向き合った。そして、気持ちを伝えた。

私にその大切さを教えてくれた日向先輩なら、きっと来てくれる。

なんとなく、そう思った。

もう一度走り出そう ―三浦日向―

「日向、あんたいい加減に起きなさい！」

土曜日だからって今何時だと思ってるの、と母さんの怒鳴り声が一階のリビングから聞こえる。

重いまぶたをゆっくりと上げて枕元《まくらもと》に置いていたスマホで確認すれば、既に時刻は十四時を回っていた。

窓からは明るい日差しが入ってくる。てるてる坊主を作ったかいがあったな、と思いかけて、慌ててその考えを消し去った。

陸上との出会いは、小学生の頃。テレビで見ていた『世界陸上《せかいりくじょう》』。百分の一秒の世界で闘うアスリートの姿に魅了された。憧《あこが》れは、ニクソン・ゲイ。脚の回転の速さと後半の伸びに、毎回息をのんでいた。

運動会では、いつもぶっちぎりの一位だった。ドッジボールもサッカーも野球も、近所の子たちよりもうまかったと自負している。でも、あの走りをするにはそれだけじゃ足りないのだと思った。

だから両親に頼み込んで、地域の陸上少年団に入った。

ふと、部屋の一角に目を向ける。

さまざまな大会でもらったメダルやトロフィーのうち、立派な物は母がリビングに飾っているけれど、数が多すぎて行き場をなくした物が本棚の上にホコリを被って並べられていた。

「日向、聞こえてんの？　あんたは本当に私と同じで朝が弱いんだから！」

階段をのぼる足音と共に、母さんの怒鳴り声が近づいてくる。

朝が弱い母さんも、俺が陸上をしていた頃の土日は、毎週のように早起きをして練習や記録会に送り出してくれていた。

「あーはいはい、聞こえてるって」

部屋のドアを開け放たれて、仕方なく起き上がる。のそのそとベッドから這《は》い出ると、満足したように母さんは去っていった。

――小学生の頃から、この地区ではかなり上位のスプリンターだった。

中学に上がって陸上部に入ると、毎日放課後には練習があって、ちゃんとした顧問の先生がいた。ただ練習するだけではなく、週に一度は体を休めることや礼儀《れいぎ》を身につけることもたたき込まれた。

個人競技ゆえ、他の部活に比べて上下関係は厳しくなかったけれど、練習方法を教えてもらうためには先輩に気に入られておくことも必要だった。

それになにより、自分は先輩たちと比べても足が速いことは自覚していた。一年生の頃からリレーメンバーに選ばれていたし、大会の予選で自分と同じ組になった先輩が嫌そうな顔をしていたことも知っていた。

だからせめて、生意気な後輩だと思われないための努力をした。廊下で先輩と会えばとびきりの笑顔で挨拶をするようにした。もちろん、だれよりも気合いを入れて練習に打ち込んだ。

そのスタイルが、いつの間にか自分になじんでいた。

毎回真剣に練習に打ち込めばいいタイムも出たし、先輩たちばかりのリレーチームでもエースがそろう二走やアンカーを任されることが多くなった。

三年生で全国へ行ったときには、同級生や後輩はもちろん、卒業していった先輩まで応援に駆けつけてくれた。

至って良好な人間関係を築けていたと思う。陸上に対しても真摯《しんし》に向き合ってきたと自信を持って言える。

高校生になってからも俺は周りから期待される存在で、だからこそ努力を惜《お》しまないようにしていた。中学と同じくリレーメンバーに選ばれたときも、少しでもチームに貢献《こうけん》できるように頑張ろうと思っていた。……脚に違和感があるのは気のせいだと、自分に言い聞かせていた。

村瀬とは、同じクラスで、かつ出席番号が前後だったこともあり、仲よくなるのにそう時間はかからなかった。俺の走りを尊敬してくれつつも友だちとして気兼《きが》ねなく話ができるその存在は、とてもかけがえのないものだと思っていた。

そんな中で迎えた、三年生の先輩たちの最後の大会。

一年生ながらアンカーを任された俺は、やはりこのときも全力で頑張ろうと思っていた。周りの期待に応えるような走りをすることが、自分の使命だと思っていた。

予選はいつもどおり走って、通過することができた。

決勝で三位以内に入れば、もうひとつ先の大会へ進むことができる。三年生はこの大会が最後にならない。もっとこの人たちと走ることができる。

だから必ず三位以内でゴールをする、と心に決めていた。

決勝戦を迎え、静まり返った競技場。

「オンユアマークス」

スターターの低い声が聞こえ、第一走者全員がスターティングブロックにつき体の動きを止める。

「セット」

走者の腰がゆっくりと上がった。

パン、と大きな合図が競技場に響き渡った瞬間、スタンドから「ハレコーファイト！」と自分たちの高校の名前を叫ぶ声が聞こえた。

陸上競技の中でも花形であるリレーの決勝。この日一番の盛り上がりを感じながら、俺は第四コーナーからレースを見ていた。

第一走者から第二走者へのバトンはとてもキレイに渡った。

よし、と心の中でガッツポーズをしている間に、隣のレーンに抜かされる。第二走者は三年生の中で一番速い先輩が走っていたが、必死なのは自分たちだけではないということを思い知ったような気がした。

第二走者から第三走者へのバトンはちょっとつまったように感じたけれど、ちゃんと渡った。第三走者の先輩がこちらへ近づいてくる。

周りの歓声がだんだんと遠くなっていく。自分の心臓の音だけが、ドクリドクリと聞こえた。

テイクオーバーゾーンの青いラインから十一歩とシューズ半分。何度も何度も先輩たちとバトン練習をして掴んだ距離に置いたマークをじっと見つめた。

あと少し、あと少し、あと……。

第三走者の先輩がそこに来た瞬間、飛び出した。

バトンはうまく渡ったと思う。この時点で俺たちは四位だった。しかし、すぐ前に三位が見えた。

行ける！

そう思った瞬間、会場のわっという歓声も、自分の心臓の音も、すっと遠くに消えた。

もう少し、もう少し。

確実に背中は近づいて見えるのに、自分の脚は思うように動かなかった。

予選の疲れが残っているのだろうか。自分はもっといけるのに。

先輩たちは、一年生である自分にアンカーを任せてくれた。補欠として名を連ねていた先輩たちだって、本当は走りたかったに違いない。それでも俺に最後を託して、サポートに回ってくれた。

だから、ここで負けるわけにはいかなかった。なんとしても、あの背中に並んで、追い越して、そして……。

でも、あっと思ったときには既に手遅れだった。ゴール直前、ふっと足が抜けたような気がした。そのまま倒れ込むようにゴールする。

電光掲示板に映し出された晴ヶ丘高校の文字は、四番目の位置にあった――。

今でもたまに夢に見る。あの日の、落胆《らくたん》したような部員の顔と、三年生の先輩たちの涙を。

『最後、手ぇ抜いただろ！』

補欠だった先輩がそう言って胸倉を掴んできたことも、よく覚えている。

手を抜いたわけではなくて足の力が抜けたのだ、とは言えなかった。

最後の挨拶のとき、みんなの視線が自分のほうを向いているのがつらかった。村瀬がなにか言いたげにしていたのにも気づいていたけれど、知らないふりをした。

俺が洗濯部に入ったのは、そのあとすぐのことだった。

なんとなく、陸上部にいるのが苦しくなったのだ。

大会のあと自分のケガを部員みんなが知ることとなって、憐《あわ》れむような視線が向けられていることにも嫌気が差した。ケガの治療《ちりょう》はしっかりしてリハビリもして完治したけれど、それでも戻る気にはならなかった。

バカみたいに明るく楽しく洗濯に打ち込んだ。

そうでもしないと忘れられなかったのだ。ニクソン・ゲイに憧れて走った日々を。

『一位をとったら夜ご飯は唐揚げにしてあげる』と母に言われて走った日々を。

朝練前、グラウンドに石灰でコースを引いて、ガタガタになったのを笑いながら走った日々を。

レスト中に好きな女子の話で盛り上がりすぎて、顧問に怒られながら走った日々を。

ビデオで自分のフォームを確認して、歩数を研究して走った日々を。

なにひとつ忘れられなかったのだ。

「母さん、腹減ったー」

よみがえってきたあの頃を振りきるように、明るい声で母さんに言う。

「えー知らないわよ、もうお昼ご飯も片付けちゃったし」

「殺生《せっしょう》な！」

「じゃあ早く起きろって言ってんの」

育ち盛りの息子になんてことを、と苦情の視線を向けるが、母さんは知らん顔で録画していたらしいドラマを見始める。

父さんはどうやら釣《つ》りに行っているらしい。相変わらずアクティブだなと思いながらリビングを後にした。

「コンビニでなにか適当に買うか」

仕方ない、と独り言をつぶやいて財布《さいふ》とスマホを握る。寝グセがついていたけれど、まあだれにも会わないだろうしいいだろうと、気にせず玄関に向かった。

「どっか行くの？」とリビングから飛んでくる母さんの声に、「コンビニ」とだけ返して靴を履く。

「行ってきます」

小さくつぶやいて、家のドアを開けた。外に出ると、十四時の日差しが容赦なく突き刺さる。

まだ六月初旬にもかかわらず、今日は暑いらしい。少しげんなりしながら一歩を踏み出した。そのときだった。

「待ってました……っ！」

背後から急に腕をぐっと引かれた。

「え？」

聞き覚えのある声に驚いて振り返れば、そこに立っていたのは制服姿の後輩がふたり。

なんで、とか。どうして、とか。疑問を口にする前に、俺の両腕は拘束された。

「真央くん、そっちの腕、しっかり持っててね。離さないでね」

葵がギュッと俺の右腕を掴んでそう言った。

「え、な、え」

戸惑っているうちに、左腕を掴む真央の手の力も強くなる。

「いつまで経っても日向先輩が競技場に来ないので、家の前でちょっと待たせてもらいましたっ！　忘れたんですか、今日は出張洗濯部ですよ」

出会った頃にはおどおどしていた葵が、今ではしっかりと俺の目を見て発言する。

へアピンで前髪を留めてあらわになっている額には、うっすらと汗が浮かんでいた。頬は少し赤くなっていて、この暑い中ずっと待っていたことがうかがえる。

左側に立つ真央は、その細い腕のどこにそんな力があるのか、がっちりと腕を掴んで離さない。声がなくとも、その強い瞳でじっと俺を見ていた。

「急いでください。リレーの決勝、もうすぐなんです」

そう言いながら右腕を葵が引っぱる。

「私、村瀬さんに頼まれたんです。日向先輩を連れてきてって。頭を下げてまで頼られたこと、初めてで……。だから約束したんです、必ず連れていくって」

葵の言葉が合図になったように、左腕を掴む力がより強くなった。真央は葵に頼まれたとおり、俺を逃がすまいとしている。

「日向先輩のことに勝手に首を突っ込んでしまってごめんなさい。でも私、嬉しかったんです」

「……嬉しかった？」

気になって聞き返すと、葵はこくりとうなずいた。

「頼ってもらえて、任せてもらえて、嬉しかったんです」

それは、一年生ながらアンカーを任されたときの俺の気持ちに重なった。

だれかに頼りにされるということは、自分を認めてもらえたからこそ。だから嬉しいのだと、俺はよく知っていた。

「それに、あの、こんなことを言うのは厚かましいかもしれないんですけど……放っておけなくて。日向先輩、まるで私みたいだったから」

そう言われて思い出すのは、葵が毎日部室に持ってきている黒いケースの存在。

その中には楽器が入っているのではないかと、薄々勘づいていた。でも、それがなんの楽器なのかということは、一度も開かれていないため分からない。

だけど、開けないくせにそのケースを肌身離さないということは、まだ未練があって、ただそれと向き合う勇気が出ないだけなのだろうと想像していた。

そう、俺と同じように。

だれかに強く背中を押してもらえたら。腕を引っぱってもらえたら。逃げ出した自分が、もう一度その場所に戻るきっかけがあったら。

似たような悩みを抱えている葵だからこそ、同じようなことを思ったことがあるのかもしれない。そして葵は、そのきっかけを俺に作ろうとしてくれている。

だとしたら、俺と真正面から向き合ってくれた葵に、俺は応えなければいけない。

「……リレー、何時から？」

ポツリとつぶやいた俺を、両側にいた後輩ふたりが嬉しそうな顔でのぞき込む。

それが妙に恥ずかしくて、ふたりより先に足を踏み出した。

「出張洗濯部なら、部長らしくみんなを導いていかないとな！」

冗談めかして走り出す。

両腕にひっついたままの後輩ふたりは、突然走り出した俺に驚きながらも、なんとかついていこうと脚を必死に動かした。

「ちょ……、日向先輩速すぎ……」

右側から聞こえてきた葵の声。

「おいお前ら、さっさとついてこい！　間に合わないぞ」

「なんでそんなに元気なんですか……」

競技場に着く頃には、両隣にいたふたりはぜーぜーと息を切らしていた。

階段を駆け上がってスタンドに立つと、そこには陸上大会特有の空気が広がっていて、懐かしさで震えた。

トラックに注目している人もいれば、投擲《とうてき》に注目している人、跳躍《ちょうやく》に注目している人もいる。視線の方向がてんでバラバラなのが個人競技ならではで、だからこそ観客が一体となるリレーは最高なのだ。

「間に合いました、か……？」

肩で息をしながら崩れるように空いていた席に座ったのは、典型的な文化部の葵。

その隣にぴったりとひっつくようにして、まさしく〝体が弱いんです〟といったような風貌の真央が座った。

「……うん」

トラックを見渡せば、タイミングよく、それぞれのコーナーに選手が出てきたところだった。第一走者はバトンを持ってスタートの確認をし、それ以外の走者はマークを置いている。

「あ、あれ、村瀬さんですか？」

第四コーナーに村瀬の姿を見つけた葵が指を差す。

俺は小さくうなずきながら、震える自分の手をギュッと握った。

自分が任されていたアンカーを、陸上部の部長になった村瀬が走る。ただでさえ部をまとめなくてはいけない大変な立場なのに、責任重大なその走順。いろんな想いを抱えているはずなのにそれを見せないようにして、さらに俺のことまで気にかけていたその男の立ち姿は、とても頼もしい。

「……敵わないな」

ポロリと言葉が落ちた。

「へ？」

「いや、なんでもねーよ」

きょとんとする葵に浅く笑って、視線を第四コーナーに戻す。

村瀬は自分のコースを一度走り、テイクオーバーゾーンの青いラインに立った。緊張をほぐすように軽くジャンプしながら、腕を回している。

頑張れよ、と心の中で応援した。

不意に村瀬が視線を上げる。俺の心の声が聞こえたかのようなタイミングのよさに、思わず笑みがこぼれる。

村瀬はだれかを探すようにスタンドを眺め……俺の姿を捉えると、その顔はまず驚きを表し、次に喜びを表し、最後は集中するかのように目を閉じた。

「オンユアマークス」

スターターの低い声。第一走者がスターティングブロックにつく。

シンと静まり返るスタンド。

そうだ。この張りつめた空気が好きだった。

「セット」

走者の腰が上がり、パンと大きな合図がした。

小学生の頃から、何度も何度もスタート練習をした。腕に自分の体重を乗せて、雷管の音で反射的に飛び出せるように耳を澄ますのだが、それがどうにも苦手だったな。

自分は後半に加速するタイプだったことも思い出す。

視線の先では、第一走者から第二走者へ、第二走者から第三走者へ、バトンは流れるように渡っていく。あのときの大会よりも規模が小さい大会だからか、この時点でうちの学校は三位だった。

周りの歓声が遠のいていく。村瀬の緊張が移ったように、ドクリドクリと心臓の音だけが聞こえた。

前の二校とそこまでの差はついていない。いける、ととっさに思った。

第三走者がマークを越えた。瞬間的に村瀬が飛び出す。

流れるようなバトンパスだった。

思えば、村瀬の走りをちゃんと見たのは一年春の記録会以来だった。

その走りに鳥肌が立った。周りの選手に比べて足の回転が速く、後半になるにつれてどんどん加速していく。

「ニクソン・ゲイ……」

「げ、ゲイ?」

ギョッとしたように葵がつぶやいたのが聞こえたけれど、俺は村瀬から目が離せなかった。

それはまるで、一瞬のように感じた。前にいた二校を追い抜いて、村瀬の肩がゴールラインを一番に越えた。

小学生の頃に見た、世界陸上。憧れた選手。それが自分の友だちに憑依《ひょうい》したような気になって、思わず立ち上がる。

「え、ちょ、日向先輩!?」

驚いたように葵が俺を呼ぶも、もう座っていられなかった。階段を駆け下りて、ゴール側へと走る。

走り終えた選手たちがそれぞれのベンチに戻っていく集団の中に見つけた、晴ヶ丘高校のユニフォーム。

「村瀬！」

見慣れた後ろ姿に声をかければ、村瀬はニヤリと笑って振り返った。

「どうだ、見たか」

その得意げな笑顔に、「すげーなお前」と言葉を返すと、なぜか村瀬は照れたように頭をかいた。それから咳払いをひとつして、俺と向かい合うように立つ。コンクリートとスパイクのピンが当たって、カツンと音が響いた。

「月曜から、練習な」

「……は？」

「は？」

すっとんきょうな声を出すと、同じ言葉が低いトーンで返ってくる。

「なんのためにお前呼んだと思ってんだよ」

そうつぶやく村瀬の真意が分からず……いや、本当は想像がついているけれど今まで聞かないようにしてきた言葉をその口から聞いてみたくて、首をかしげた。

そんな俺を疎ましそうに見て、それから村瀬は吐き捨てるようにこう言った。

「一緒に走るんだろ。俺たちと、また」

嬉しくて、目頭が熱くなった。でも泣いてしまうのはかっこ悪いから、俺は照れくさそうにそっぽを向いた村瀬に、「お前は本当に俺のこと好きだな」と追い打ちをかけて笑った。

第四章　猫が顔を洗うと雨

殻を破るとき

六月十日　雨
俺がいなくなってもサボんなよ！
陸上部にも顔見せに来い！
次期部長の座はふたりで奪い合ってくれ！
——日向

＊＊＊

「雨かよ！」

幸先《さいさき》悪いな、とつぶやいた日向先輩。その手には退部届が握られていた。

サーッと雨の降る月曜日の朝七時半。登校中に見つけた猫が、しきりに顔を洗っていたのが可愛くて、つい足を止めてしまった私は今日も遅刻寸前に部室に着いた。

「梅雨なんだから仕方ないですよ。ほら、出ていくなら出ていってください」

ほらほら、と追い払うようにドアへと手を向ける。

「葵も言うようになったな！　嬉しいけど寂しいわ！」

　真央くんは棚の上で三人分の飲み物を用意してくれている。雨の影響《えいきょう》で少し肌寒い今日は温かいココアに限るな、なんて思いながら日向先輩の言葉に耳を傾けた。

「俺だって、紫苑先輩のときみたいな感動の別れをしたいわけだ！」

「はあ、なるほど……」

「え、俺の扱いひどくね？」

　私は真央くんからマグカップを受け取って、いつものパイプ椅子に座る。日向先輩も同じようにマグカップを受け取り、私の真正面のパイプ椅子に座った。

　土曜日、トラックへと走り出した日向先輩を追いかけていくと、既に和やかに話をするふたりの姿があった。私たちの存在に気づいた村瀬さんがいつもの爽やかな笑顔で、『連れてきてくれてありがとう』と言ってくれて。

　その言葉を聞いた私と真央くんは、朝十時から日向先輩の家の前で張り込みをしたかいがあったと、息を吐いたのだった。

「俺が出ていったからって、ふたりとも洗濯物を回収すんのサボるんじゃないぞ。あ、洗剤が多分もうすぐなくなるから新しいの買っといてな」

「はい」

「汚れがひどいやつは先に揉《も》み洗いしてから洗濯機に入れて、あと、洗濯板もその辺にあるから必要だったら使って」

日向先輩は棚のほうを指差しながら、他に言っておかないといけないことはないかと考えているようだった。

「大丈夫です、分かってます」

「俺が陸上部に戻ったらなにかしら洗濯物出すようにするから、ちゃんと回収しに来いよ」

「それは別にいいです」

「なんでだよ」と言いながらも、日向先輩は楽しそうに笑っている。

私は真央くんにいれてもらったココアをひと口飲んで、その甘さにホッと肩の力を抜いた。

「あ、そうだ、日誌！」

そう言って突然立ち上がった日向先輩。かと思えば、なにやらそわそわしながら自分のペンケースからサインペンを取り出す。

大学ノート三冊分ほどの厚さの日誌をペラペラとめくる日向先輩を、私は不思議に思いながら見ていた。

「うーんそうだな、……お！　ここでいいか！」

「どうしたんですか？」

日向先輩はなにかをひらめいたように、サインペンのキャップを外す。私が声をかけると「まあ見てろって」と得意げに笑った。

なにをしようとしているのか、気になってその手元を覗き込めば、開いていたのは日誌の最初のページだった。日向先輩は表紙裏のつるつるとしたページの上にキュッキュッとサインペンを動かし始める。いつの間にか私の隣に来ていた真央くんも、怪訝な顔をしながら日向先輩の動きを見つめていた。

「……よし、こんなもんだろ！」

しばらくして、日向先輩が顔を上げた。そして、日誌を広げて私たちに差し出してくれる。私はそれを受け取って、真央くんと一緒に開かれたページを見た。

「〝洗濯部の心得〟？」

そこに大きな文字で書かれていた言葉を口にすると、日向先輩はうなずく。

「そう。ふたりとも、もう分かってると思うけど一応書いておいた！」

【晴ヶ丘高校洗濯部の心得】

一、洗うときは優しく

（洗濯物は丁寧に扱うこと）

二、干すときは気合いを入れて　～掛け声は「今日もはためけ洗濯部」～

（洗濯物を両手で持ち、足は肩幅に開き、腕を上から振り下ろしてシワを伸ばす）
三、畳むときは心を込めて
（どんな気持ちで畳んだか、相手には筒抜けだからな！）
四、回収するときは元気よく　〜大きな声で「こんにちは洗濯部です」〜
（挨拶は人間として大切なことだぞ！　マジで！）
五、仲間を信じること
（部員全員で力を合わせれば、どんな壁だって乗り越えられる！）


「……これ、ちょいちょい日向先輩のコメントが入ってますね」

最後のほうはスペースがなくなってしまったらしく、最初のほうの文字よりもずいぶん小さな文字が、ぎゅうぎゅうに押し込められていた。そんなところも、なんだか日向先輩らしくて私は小さく笑って、日誌を持つ手にぎゅっと力を入れた。

こんなことを言ったら笑われるかな。

私、日向先輩が走り出した姿が、とてもかっこよく思えたんです。

まるで羽が生えてるみたいに軽やかで、思わず見とれてしまったんです。

自分と似たような境遇《きょうぐう》だった日向先輩が走り出したことに、すごく勇気をもらったんです。

「……元気でいてください」

心の中で思っていたことは、やっぱり少し恥ずかしくて言えなかった。代わりに素っ気ない言葉を贈《おく》る。

「おう！」

日向先輩はそう言って、目尻にシワを作って笑う。

心の中で思っていたことは言わなかったけれど、まあこの笑顔を見ることができたからいいかな、なんて思う。

「真央くん、俺のこと、かっこよく描いといてくれな！」

真央くんの肩をポンとたたきながら、日向先輩はそんな注文をしたけれど……。

「…………」

「お願いだから無視はやめて！」

いつもと変わらないこのやりとり。日誌の最初のページに視線を落としたままだった真央くんはうっとうしそうに顔を上げて、日向先輩を見た。

紫苑先輩の似顔絵は完成したらしく、私の後ろの壁に貼られている。まつ毛の一本一本まで繊細《せんさい》に描き込まれたその絵は、淡《あわ》い絵の具でぼやっと色付けされていた。

その絵の隣にはぽっかりとスペースが空いている。真央くんはそこに日向先輩の似顔絵を飾ろうとしているんじゃないかと、私はなんとなく思っていた。

「ほら、日向先輩、そろそろ行ったほうがいいんじゃないですか。もう陸上部の朝練始まってますよ」

なかなか出ていこうとしない日向先輩をあおるように、私はドアを指差して言う。

「いや今日雨だし、別にもうちょっとここにいても……」

「雨でも筋トレとかウエイトとかしてるじゃないですか」

「お前、よく見てんな！」

日向先輩は驚いたように言って、ケラケラと笑った。

本当はもっとここにいてほしい。だれよりも頼れるこの部長に私たちを導いてほしい。

そう思うけれど、日向先輩がようやく一歩を踏み出したのだ。日向先輩が洗濯部を辞める決意をしたのなら、私たちにできるのは背中を押すことだけ。

「日向先輩がいなくても、私たち、ちゃんと前を向きますから」

最後にこれだけ渡しておこうと、ずっとカバンの中に入れていた物を机の上に置いた。それを見た日向先輩は、苦笑いを浮かべる。

「捨てるなら、自分の手で捨ててください」

ビリッと大きく破られた、賞状の上半分。【三浦日向殿】と名前が書かれたそれは、この前ゴミ箱の下から発掘《はっくつ》したものだ。

日向先輩はゆっくりとそれを手に取って、ひらひらと揺らす。

「……持っててくれたのか」

サンキュ、と言いながら大切そうに賞状の上半分を自分のリュックにしまう。

「どういたしまして」と私は小さくつぶやいて、またマグカップに口をつけた。

真正面に座っていた日向先輩は、マグカップに残っていたココアを一気にあおるように飲み、ふうと息を吐く。

「よし。じゃあ、そろそろ行くわ！」

「……そうしてください」

立ち上がった日向先輩に、私は寂しさを見せないようにしようと必死だった。こんなときでさえもシッシッと手で追い払うような塩対応を見せた真央くんにならって、私もつっけんどんな物言いをした。

思い出すのは、五月の初め。あの掲示板の前で日向先輩に見つけてもらえていなかったら、きっと私は今よりもっと卑屈《ひくつ》で臆病で、うつむいてばかりいただろう。

その明るい笑顔と、元気いっぱいに部活動に取り組む姿は、いつだってこの洗濯部を照らしてくれる太陽だった。

たくさん助けてもらった。たくさん教えてもらった。その大きな背中で、いつも引っぱってくれた。

「お前らも、さっさとそこから出てこいよ！」

じゃあな、とドアを開けた日向先輩の後ろ姿はやっぱり頼もしくて。

私はその背中を追いかけたいと思った。


……すっかり忘れていた。そうだ、そういえば私は先週の金曜日、教室で米川さんに『ホレました』発言をしたんだった。

日向先輩の去っていった部室で真央くんとふたり、いつもどおりに洗濯機を回して、今日は雨だからと部室に干した。そのうち予鈴が鳴ったから残りの洗濯物は真央くんにお任せして、教室に入った瞬間、私はそのことを思い出した。

クラスメイトから遠慮なく向けられる好奇の視線。土日を挟んだからか、あの発言をした日に比べたらだいぶ減ったような気がするけれど、それでも興味津々といった様子で見られているような気がした。

これが自意識過剰《じいしきかじょう》なだけだったらいいのだけれど、あいにく私は人の機嫌をうかがうことに長《た》けている。

みんなが私に向けているのは本当に純粋な興味といったところで、陰口《かげぐち》をたたかれているわけでもないから、ただただ恥ずかしい。これに尽きる。

なんとなく身を小さくしながら教室内へと一歩足を踏み入れた。

「おはよう」

クラスの一匹狼である米川さんの席は、廊下側の一番後ろ。つまり、私が今入ってきたドアに一番近い位置。そこで、米川さんはドアを見張るかのように後ろ向きに椅子に座っていた。まるで私が来るのを待っていたかのように。

そんな米川さんが、カラコンでひと回り大きくなった瞳をじっと私のほうに向けて、挨拶をしたのだ。

「え……？」

きょろきょろと前後左右を見回してみるけれど、明らかに米川さんは私を見ていた。

「わ、わた、し？」

挙動《きょどう》不審《ふしん》になりながら米川さんに聞き返せば、「おはよう」ともう一度声が返ってくる。

まぎれもなく私に向けられていると分かり、消え入るような声で「おはよう」と返す。そのまま席に着こうとしたところで、腕を掴まれた。

へ？と思って私の腕を掴む手をたどれば、それはやっぱり米川さんで……。

「ホレたってどういうこと？」

至極不思議そうな声でまっすぐ向けられたその問いかけに、私は今すぐ部室に戻りたくなった。しかし腕を掴まれているため、それは実行不可能。どうしようかと視線を泳がせれば、教室中から無数の視線が集まっていることにも気づいて、とても恥ずかしくなった。

あと少しで本鈴が鳴る。担任の先生がショートホームルームをしに教室へとやってくるだろう。そうしたらこの状況から逃げることができる……。

そこまで考えて、私の脳裏に真央くんのスケッチブックが次々と浮かんできた。

『話してみればいい』

そうだ。ここで逃げたらなにも変わらない。なにも伝わらない。せっかく米川さんと話すきっかけができたのだ。この機会を失いたくない。

……でも、うまく伝えられるだろうか。この気持ちを、ちゃんと言葉にできるだろうか。

『もっと自信を持て』

自信を持ってもいいのかな。私、五月に洗濯部に入ったあの日から、少しでも変わることができているのかな。

そっと右のこめかみに触れる。紫苑先輩からもらったヘアピンは、私が紫苑先輩を救うことができたという証だ。

『自分の気持ちを伝えるのは別に悪いことではない』

日向先輩に、ちょっときついことだって言った。だけどそれは私の本心で、どうにかして日向先輩を競技場に連れていきたかったからこそ出た言葉で……。

今朝の日向先輩はどこかすっきりしたような顔をしていた。走り出した日向先輩を、私も追いかけたいと思った。

……それなら、今しかないんじゃないか。私が、私の殻《から》を破るのは。

『大丈夫』

他の文字に比べて大きく書かれていたその三文字が、私の背中を押す。

『僕もいる』

今は隣にいないけれど、真央くんはいつだって私の味方でいてくれる。これから私が米川さんと話すことに失敗したとしても、五号館二階奥の空き教室で、あきれた顔でオレンジジュースかココアをいれて、私のグチを聞いてくれる。

そんな気がしたから……。

「よ、……米川さん」

意を決して発した声は、少しだけ震えていた。

窓の外の雨音とか、教室のざわめきとか、廊下の笑い声とか、そういったものが全部遠くに聞こえる。

米川さんは私から目を逸らさずに、言葉の続きを促すように首をかしげた。

「あの、私――」

『話したいことがあって』と言いかけたとき……。

タイミングがいいのか悪いのか。いや、今回は完全に悪く、キーンコーンカーンコーンと私の言葉を遮るように本鈴が鳴った。

私たちに好奇の視線を投げつけていたクラスメイトは、ガタガタと自分の席に着き始める。

それでも私は、せっかく湧いてきた勇気を無駄にしたくなかった。ここで話すのをやめたら、もう二度と話せないような気がした。

私は米川さんから目を逸らさなかった。米川さんも私の言葉の続きを待つように、じっと私を見ていた。

米川さんに腕を掴まれたまま席に着く気配のない私の後ろを、廊下から戻ってきたクラスメイトが迷惑そうに通っていく。

それが合図だったように思う。

「来てっ！」

私が米川さんにそう言うのと、米川さんが席を立ったのは、ほぼ同時だった。教室の前のドアから担任の先生が入ってくるのと入れ替わるように、私たちは後ろのドアから廊下へと出た。

どこの教室もショートホームルームをしている中、私たちはふたり並んで廊下を走った。パタパタとふたり分の足音が廊下に響く。

授業をサボって廊下を走るなんて先生たちに見つかったら叱られるだろうな、とそわそわしたけれど、隣を走る米川さんがとても楽しそうにしていたから、勇気を出してよかった、と心から思った。

「ところで」

しばらく走ったところで一度足を止めると、米川さんがそう口を開いた。

「あたしら、どこに向かってんの？」

「あ、えっと、どこか話ができる場所に……」

そこでふと思いついたのは、体育館横のベンチ。キレイに花が植えられているそこは人通りも少なくて、洗濯部に入るまでひとりでお昼を食べるときによく使っていた。

あそこなら、と提案しようとして、外は雨が降っていたことを思い出す。

となると、選択肢はかなり限られる。

屋根のあるところで、なおかつ先生たちに見つからなそうなところ。

「あ、思いついた……！」

そう言って再び走り出した私に、米川さんは不思議そうに首をかしげながらもついてきてくれた。

頭に浮かんだのは、『好きなときに来ていいからね』と笑顔を浮かべた古賀先生。

きっと匿《かくま》ってくれるだろうと踏んで、保健室のある一階まで階段を駆け下りた。

「あら戸田さん」

保健室のドアを開けると、消毒液とコーヒーの匂いが混ざって独特な匂いがした。

数週間ぶりに見る古賀先生は、相変わらず若々しい。

「あの、ちょっとここにいてもいいですか？」

「もちろん。私は今からちょっと留守にするけど、ちょうど寝てる生徒もいないし好きなように使って」

職員室に行かなきゃいけなくて、と眉を下げた古賀先生にお礼を言って中に入らせてもらう。保健室に来たのは四月の身体測定以来で落ち着かない気がしたけれど、ベッドからいつも洗濯部が使っている洗剤の匂いがして、少し気持ちが和らいだ。

米川さんは古賀先生が保健室から出ていくのを見送ると、「せっかくならベッド使っちゃお」と言いながら、倒れ込むようにして窓際のベッドに寝転んだ。

「ていうか、びっくりしたんだけど。まゆみちゃんと友だちなの？」

「と、友だちというか……お世話になってるというか……」

曖昧に答えながら、私は米川さんが寝転んだ隣のベッドに腰掛ける。

仰向けに寝転んでいた米川さんは、顔だけ私のほうに向けて「そうなんだ」とつぶやいた。

「それで？　話したいことってなに？」

単刀直入に米川さんは切り出す。

好奇の視線がそこら中から飛んでくる教室の中で話すよりも、幾分《いくぶん》落ち着いて話すことができそうだと思いながら、私は体ごと米川さんのほうを向いた。

「こ、この前の……」

「ホレたってやつね。あれ、どういう意味？」

どうやら米川さんはイメージどおり、かなりサバサバした性格らしく、淡々《たんたん》とした口調で気になることだけを聞いてくる。

他の子と話すときはお互いに気を遣って探り探りになってしまうことが多い私からしてみれば、そんな米川さんと話すのは楽なように感じた。

「私、カフェで、その、よ、米川さんがジャズやってるの見て」

「え！　マジ？」

勢いよく体を起こして、目をまばたいた米川さん。突然の行動に驚きながらも、私はこくりとうなずいた。

「うん。それで、あ、私も昔トランペットやってたんだけど」

「あー、それ知ってるよ。なんか、けっこう最初のほうに吹部を辞めたんだって？」

「ど、どうして知ってるの？」

私が首をかしげると、米川さんはまたベッドに寝転がりながら目を細める。

「あたし地獄耳《じごくみみ》だから。読書してるふりしてウワサとか聞くの大好き」

「そ、そうなんだ……」

「意外だと思った？」

そう聞かれて素直にうなずけば、ぶはっと米川さんは笑った。

クールな一匹狼だと思っていた米川さんが顔を崩して笑うのが予想外すぎて、私は思わず固まった。

そんな私を見て、さらに米川さんが楽しそうに笑うから、話したいことの半分も話せていないのになんだか満足したような気にさえなってしまう。

「はぁ、おもしろっ！　あたしね、こんな見た目してるけど、中身は普通の女子高生だから。なんかウワサだけひとり歩きしてて、もうそれを否定するのもうっとうしいからそのままにしてるんだけど」

あたし隣町のレディースの総長ってことになってるらしいよ、と他人事のように笑う。

「それはなかなかのインパクトだね……」

「でしょ。超ウケる」

確かにそのウワサは私もどこかで聞いたことがあるものだった。本人がこうして笑っているということは、真実ではないのだろうけれど、茶髪にカラコンという風貌からして、みんなが信じてしまっているのもうなずける。

「でも、そうじゃないなら、どうして髪の毛がそんなに明るいの？」

「あーっとね、ジャズしてるから。あたしたちのバンド、なかなかうまいって評判で、いろんなところでライブさせてもらってるのね。夜にやることも多くて、そうなると大人のお客さんがほとんどでしょ。だからあんまり子どもっぽく見られたくなくて、ほら、化粧とかもちゃんとしといたほうがなめられないから」

そう言いながら、米川さんはくるんと上がったまつ毛をさわる。

なるほど、言われてみればこの前見たとき、他のメンバーは米川さんより年上っぽかった。

納得して何度もうなずいていると、米川さんはごろんと体ごとこちらを向いて、「聞きたかったことはそれだけ？」と首をかしげた。

「あ、ううん」

まだ、まだだ。

一番伝えたかったことを言えていない私は、ギュッと手を握って改めて背筋を伸ばした。

「私ね、すごく心が揺さぶられたんだ。ジャズをしてる米川さんを見て。楽しそうで、自由で、いいなあって」

真央くんにグチるように伝えた言葉を、米川さんに伝えよう。

「それで、ここ最近、私ずっとジャズを聴いてて……」

「え！　なに、どんな曲？」

米川さんが興奮したように体を起こす。

「モーニンとか、枯葉とか。初心者にもおすすめっていうのをグーグルで検索《けんさく》してたんだけど、もっといろいろ知りたくて、米川さんに教えてもらえたらなって」

言えた。ちゃんと伝えられた。

それだけで私は舞い上がってしまいそうになる。

「もちろんだよ！」

私の話を聞いた米川さんは瞳を輝かせて、おすすめのジャズの曲をたくさん教えてくれた。

一匹狼だと思っていた米川さんは、話してみるととても気さくで、大人っぽいと思っていたけれど全然そんなことはなくて。緊張して話せないかと思っていたけれど、こんなに楽しく話せる相手だったとは思ってもみなくて……。

ずっと彼女とこのまま話していたいと、私は強く思った。

君が隣にいてくれたから ―戸田 葵―

私はためらっていた。

放課後の五号館二階奥の空き教室。部員がふたりしかいなくなったそこで、机の上に置いた黒いケースと対峙する。

クラスの一匹狼である米川さんと保健室で話をすることができた私は、保健室を出るときにかけられたひと言が心に残っていた。

『演奏する気はないの？　ジャズ楽しいよ』

そのときは曖昧にうなずいたけれど、本当はすごく興味があった。ただ、今の自分にトランペットを吹くことができるかどうかは、私自身も把握できていなかった。

そんな私の肩を、真央くんがたたいた。

振り向けば、差し出されるオレンジジュースの入ったグラス。

「わ、いれてくれたの？　ありがとう」

お礼を言いながら受け取れば、真央くんは小さくうなずいて私の隣に腰を下ろした。

私が〝かつての相棒〟と対峙していることについてなにも言わず……というより、ただそっと見守るような視線を送った。

——本来の私は、社交的で明るいタイプの人間だったと思う。友だちもそれなりにいたし、ハブられるという経験もなかった。中学生になって部活を選ぶときも、仲のいい友だちが吹奏楽部に入ったから、その流れに乗ったようなものだった。

しかし実際に入ってみると、最初は筋トレとランニングばかりで、気が滅入《めい》りそうになった。ひょっとすると、そこらの運動部よりも走り込んでいたかもしれない。

ただ、二十万もするトランペットを親に買ってもらった以上、生半可な気持ちでやるわけにもいかず、だれよりも気合いを入れて練習に励《はげ》んでいたと思う。

その成果が表れ始めたのは、中学二年生の頃だった。

上下関係の厳しい吹奏楽部では、ソロは三年生が務めることが通例となっていたのに、当時二年生だった私にその役が回ってきたのだった。

「葵が吹いたほうがいいよ」

パートリーダーだった先輩は温厚な性格で、ソロを奪うような形になった私のことを少しも責めたりはしなかった。

周りもそうだった。だれにも文句を言わせないくらい、音色が違ったのだと思う。

それから私は、全体練習のあとに自主練をするようになった。楽譜《がくふ》には、もうなにが書いてあるのか読めないほどに、注意点を書き込んだ。

夏は閉めきった音楽室で、蒸されるような思いをした。冬は冷たくなったトランペットに、ひたすらヤバイと言い続けた。

そして中学三年の夏。私はまたもやトランペットのソロを任された。

「葵なら絶対大丈夫！」

周りはそう言って応援してくれた。私も、絶対に大丈夫だと思っていた。そう確信できるくらい練習をしてきた。努力をしてきた……つもりだった。

いざ本番が始まると、指が震えた。息が震えた。心臓が小刻みに脈打つ。今まで経験したことのない緊張に、動揺《どうよう》を隠しきれなかった。

リハーサルまで順調に震わせていたはずの唇はすっかり水分を失っていた。自分のパートが休みでマウスピースから口を離しているときにも、何度も何度も震わせてカサつく唇を湿らせた。

時刻どおりに走る列車のように、楽譜は進んでいく。自分ひとりの意思だけでは止まってくれない。

指揮をとっていた先生と目が合った。すっと先生の左手が私に向けられる。

立ち上がった。震える指をピストンに置いた。

……出だしの音は、鳴らなかった。

『え』と部員全員の声が聞こえたようだった。サッとみんなの視線が自分に集まったのを感じた。どうにかしなくてはいけないと必死になればなるほど音は震えた。

気づいたときには私のソロパートである十六小節は終わっていた。練習して練習して、たたき込んだはずの十六小節だった。

結果は、銀賞。狙《ねら》っていたものとは違うその響きに、涙が止まらなかった。

コンクールが終わったあと、部員のみんなは私にどう声をかけるべきか考えあぐねていたようだった。

「お疲れさま、よかったよ」

そう肩をたたいてくれる人もいたが、それがとてもつらかった。私の演奏が全然よくなかったことは、自分自身が一番よく分かっていた。

「また次頑張ろう」

そう言われても、頑張れなかった。また失敗したらと思うと、怖くて吹けなくなった。

部活に行かなくなった私に、それでも周りは声をかけ続けてくれた。

【戻ってくるのを待ってるから】

そう書かれた手紙を毎日渡してくれる子もいた。

ゲタ箱の中に、トランペットを吹いている私の似顔絵が入っていたこともあった。

それはあまりに上手すぎて、嫌味かと思うほどだった。

こんなふうに周りに気を遣わせている自分がなにより嫌で、私はいっそう周囲と距離を置いた。人と関わることを避け、前髪を長く伸ばして壁を作った。

ただ、登校を拒否するような勇気は持ち合わせていなかったから、毎日ちゃんと学校へは行った。同じクラスにいた不登校の子をうらやましく思いながら……。

そうやって逃げているうちに、吹奏楽部の友だちとはほとんど話さなくなった。バカみたいに笑って騒ぐこともしなくなった。


高校生になって環境《かんきょう》が変われば、また吹けるようになるかもしれないと思って、あまり吹奏楽の強くない学校を選んだ。

でもトランペットを吹こうと思うと、あのコンクールのことがよみがえってきて、結局吹くことができず、入部してから数週間も経たないうちに辞めてしまった。

『どうして辞めちゃったの？』と聞かれても、ちゃんと答えられる気がしなくて、私はそっと背を向けた。

そうして人と話すことを避けて、自分の周りに壁を築いたのだ――。


いれてもらったオレンジジュースをひと口飲んでから、そういえば楽器を吹く前にジュースを飲んだら顧問にこっぴどく怒られたな、と思い出す。あとで歯磨《はみが》きをしようと心に決めて、そんなことをしながらトランペットと向き合うことを少しでも後にしようとしている自分に気がついて、苦笑いが漏れた。

真央くんは隣のパイプ椅子の上で三角座りをして、いつものように膝の上にスケッチブックを広げている。

「真央くん、私ね、話せたよ。ちゃんと話してみたらね、すごく楽しくて。もっともっと米川さんと話したいと思ったし、ジャズも勉強したくなった」

シャッシャッと鉛筆がスケッチブックの上を滑る。雨音と重なったBGMに身を委ねれば、ポツリポツリと本音がこぼれていく。

「……向き合わないと気づけないことってあるんだね」

逃げてばかりじゃ、きっと気づけなかった。

ふうっと息を吐き出して、オレンジジュースを一気飲みした。そのままパイプ椅子から立ち上がり、カバンの中に入れていた携帯用《けいたいよう》の歯ブラシを取り出して水道へと向かう。

せっかくの酸味と甘さがもったいないような気がしたけれど、トランペットが腐敗《ふはい》するのを防ぐためにも歯磨きはしなければいけない。

シャコシャコと歯ブラシを動かしながら真央くんのスケッチブックをのぞくと、そこに描かれていたのは今朝出ていったばかりの日向先輩の似顔絵で。

なんだかんだとしっかり描こうとしている姿に、ゆるゆると口角が上がった。

口を何度かゆすいで、タオルで口元を拭く。さっぱりした口の中を舌で確かめながら、私はまた黒いケースの前に座った。

隣に味方がいてくれることを再度確認して、ゆっくりとケースを開ける。

中に入っていたシルバーのトランペットは半年以上吹いていない。でも手入れだけは入念にしてある。そのトランペットに映る自分の顔が情けなく歪んでいて、わけもなく泣きそうになった。

私は自ら独りを選んだはずだったのに、吹奏楽部が練習している音を未練がましく聴いていた。あのコンクールに戻れるのなら、今度は緊張なんかせずに完璧に吹ききってみせるのに。そう思って、何度も何度も吹いてみようとした。

だけど、いつだってあの十六小節が呼吸のジャマをする。吹きたいのに、吹けなくて。みんなと話したいのに、うまく話せなくて。吹奏楽部に戻りたいのに、戻れなくて。

挑戦《ちょうせん》しようとするたびに絶望を味わうのなら、自ら背を向けるほうが楽だと結論づけて、以来、吹こうとも思わなくなった。

「……っ」

またあのときの記憶がフラッシュバックしそうになって、トランペットへと伸ばしかけていた手を握った。

やっぱり、無理なのだろうか。あきらめたほうがいいのだろうか。

そんな考えが頭をよぎったときだった。

「え……」

固く握った手の甲を、するりと冷たい指先がなでた。

反射的に視線を向けると、真央くんの両手が私の手を包むようにしていた。呆気にとられているうちに、その冷たい両手が、強く握りすぎていた私の拳《こぶし》を解いていく。

「……真央くん」

名前を呼べば、色素の薄い瞳がじっとこちらを向く。

思い返してみると、いつだって真央くんは目を逸らさなかった。そんな彼に何度救われたことだろう。

初めて出会ったときはただただ怖くて、仲よくなれる気なんてまったくしなかった。だけど普段あまり表情の変わらない彼が、時折その瞳を緩めることに気づいたとき、どうしようもなく嬉しくなった。

落ち込んだときには、隣で話を聞いてくれた。涙を流してくれたこともある。その不器用で分かりにくい優しさに、何度も救われた。

今だってそうだ。キュッと小さく手に力を込めれば、同じくらいの強さで握り返してくれる。まるでそれは、隣にいることを約束してくれるかのようで……。

「……こんなに心強い味方は、世界中のどこを探してもいないよ」

こぼれそうになる涙を必死にこらえながら、冗談めかしてそう言えば、彼の瞳も柔らかく細められる。

『だいじょーぶ』

ヒュッと息の音が聞こえる。その口の動きを読んで、私は小さくうなずいた。

真央くんの両手からそっと抜け出して、もう一度その手をトランペットへ向けた。ちょっとだけ震えたけれど、しっかりと掴むことができて安堵する。

左手の親指は一番トリガーに、薬指は三番トリガーに。右手の人差し指、中指、薬指はそれぞれピストンの上に乗せて、フィンガーフックに小指をかける。これらの動作はもう体になじんでいたもので、なにも考えずに行うことができた。

パイプ椅子に浅く腰掛ける。背筋を伸ばして、目線は水平に前方へ。

雨の音がよりいっそう強くなったように感じる。この雨の音があれば、どれだけ下手な演奏をしても自分たち以外には聴かれないんじゃないかと思うと、心が軽くなった。

まだ少しの怖さはある。だけど……。

紫苑先輩は自分の存在価値を教えてくれた。

日向先輩は心の洗い方を教えてくれた。

村瀬さんがデートに誘ってくれたおかげで米川さんへの見方が変わった。

そして隣にいる彼は、そっと背中を押してくれる。

みんなの想いに応えるためにも、そして自分自身が前を向くためにも、もう一度吹きたい。

大きく息を吸う。マウスピースの感覚が唇に触れた。

——ブヒョー。

不格好な音が鳴った。

「……っ！」

唇を離して、隣へと視線を向ける。

不格好でもなんでもよかった。音を鳴らせたことに、喉の奥が熱くなった。

真央くんは、そんな私にゆっくりとうなずく。『聴いていたよ』とその瞳が言っていた。

もう一度、息を吹き込む。

今度はさっきよりも幾分かマシな音が出た。

半年以上吹いていなかったけれど、しばらく繰り返せば、唇の震わせ方や息の出し方、指の動かし方、それらが違和感なくトランペットになじんでいく。

はあと息を吐き出すと、怖い気持ちはもうどこかへ消えていた。あの十六小節を、今なら吹けるような気がした。

深く息を吸ってトランペットをかまえた私を、真央くんはただ見守ってくれていた。半年以上のブランクはやっぱり音色に出ていた。それでも、何度も何度も練習をした十六小節は体が覚えていた。

「……っ、……」

トランペットを唇から離した。長いような、短いような、不思議な時間。あのコンクールの思い出を上書きするような、そんな十六小節を吹き終えた私は、込み上げてくるなにかを抑えようと唇を噛んだ。

それすらも分かっていたかのように、隣からそっと手が伸びてくる。

「……ふ、吹けた」

頬に冷たい指先が触れる。

「吹けたよ、真央くん」

こくりとうなずきが返ってくる。色素の薄い髪が揺れた。

「私、ちゃんと吹けた……っ」

泣きそうになった私の両頬を、むにっと冷たい指が掴む。

へ、と突然のことに声を漏らせば……。

「どうして私より先に真央くんが泣いてるの？」

キメの細かい肌の上を、雨粒のような涙が滑り落ちていた。

予想外の反応に思わず笑みをこぼせば、ごまかすように頬を掴む指に力が入る。「痛いよ」と訴えると、すぐにその力は弱まって、眉を下げた真央くんが心配したように顔をのぞき込んでくる。

優しいんだか、優しくないんだか、よく分からない真央くんの行動に、私は自然と頬が緩んだ。

この不思議な関係はいったいなんなのだろう。

友だちが欲しいと思って入部した洗濯部で出会った同級生。だけど真央くんを友だちという言葉でくくってしまうのは、違うような気がした。

いつだって味方で、そっと背中を押してくれる、心の拠《よ》り所。

ううん、その表現だけでは不完全な気がする。真央くんという存在をぴったりと表す言葉は、もしかしたら辞書の中には載《の》っていないかもしれない。

そんな真央くんの瞳の中に、私がいた。

紫苑先輩からもらったヘアピンをつけて、日向先輩に腕を引っぱってもらって、真央くんに支えてもらった私は、なんだかとても自信に満ちているように見えた。

「ねえ、真央くん」

『心の洗濯』という日向先輩の言葉がよみがえる。

あのときの自分は〝すすぎ〟だと言われたけれど、新しくやりたいことも見つけて、過去と向き合うことができた今、既に〝脱水〟も終わっている。さらにキレイに干されて乾いた洗濯物のように、気持ちはとても軽やかだった。

『嫌な感情は全部洗ってしまえばいい。キレイに干して、アイロンをかけて、またシャンと立って歩けるように』

そう言ってドヤ顔をした日向先輩を思い出し、シャンと背筋を伸ばして、隣に座る彼と向き合った。

ここで教えてもらったたくさんのことを、きっと忘れない。大丈夫、もうちゃんと生きていける。

「……お世話に、なりました」

その色素の薄い瞳をじっと見つめて口を開いた。

ゆっくりとうなずいた彼を見て、私もゆっくりとうなずき返す。

そして、〝かつての相棒〟と一緒に部室を出た。ドアの前に並べられていた石の境界線を越える。長い廊下を自分だけの足音が響いた。

階段を下りて、五号館の外に出る。雨の中、傘を差して、一度だけ振り向くと……。

「え？」

そこにはもう、今まで私がいたはずの五号館はなかった。

似顔絵の真実

六月二十四日
特になし。
――真央

＊
＊
＊

「アジサイってすごいと思わない？」

六月下旬。私が洗濯部を退部してから、二週間ほどが過ぎた。夏の足音がすぐ近くまで聞こえてきていて、来週末には例年より早めに梅雨が明けるということをお天気お姉さんが言っていた。

しとしとと雨の降る放課後。私は米川さんと並んで、家までの道を歩いていた。

「は？　アジサイ？」

なにがすごいの、と怪訝そうな顔を向ける米川さん。その髪色は今日も明るく、最近はまたひとつピアス穴を開けたそうだ。

「ほら、アジサイって土の酸度によって花の色を変えるって聞いたことない？」

どこで聞いたものだったか、もう忘れてしまったけれど、アジサイは土が酸性だと青色の花を咲かせて、中性や弱アルカリ性だとピンク色の花を咲かせるのだそう。『七変化《しちへんげ》』という別名も持っている。

「ないわ」

「あ、そう……」

会話がストップしてしまってどうしようかと頭を悩ませていた間に、私がその花をすごいと思った理由を米川さんは察したらしく、隣からぶはっと大きな笑い声が聞こえた。

「なに、気にしてんの？　この前ヒゲさんに言われたこと」

「え、いや、えっと、……まあ、うん」

ヒゲさんというのは、米川さんの所属しているジャズバンドでコントラバスを弾いているおじさんのことだ。

あれから私は、定期的に米川さんたちが練習しているところに交ぜてもらってジャズの練習をしていた。聴いているだけだと、ただ楽しそうで自由で遊んでいるような音楽なのに、実際に吹いてみるとかなり難しい。

「『葵ちゃんはジャズ畑に生えた電卓《でんたく》みたいだね〜』だっけ？」

苦戦する私にヒゲさんはなにげなく言ったのだけれど、そのたとえがとても秀逸《しゅういつ》で、私はうなだれるしかなかった。

ジャズ畑に生えた電卓。要するに、ちぐはぐなのだ。

今まで私がやってきた吹奏楽部でのトランペットとジャズのトランペットでは、求められていることが微妙に違う。吹奏楽部では楽譜どおりに吹くことがなにより大切だと教えられてきた私にとって、たくさん遊びを入れるジャズはどうにも難しい。まあ、私はそこに魅力を感じたのだけれど、そう簡単にいくことではなかったのだ。

それに加えて、判明したことがもうひとつ。

「アジサイは土によって色を変えるのに、音楽のジャンルによって音を変えるのはなかなか難しいね……」

「難しく考えすぎなんじゃないの？　合わせるとこだけ合わせてさ、あとはもっと楽に吹けばいいのに」

私のジャズトランペットの師匠《ししょう》である米川さんは、教えることが究極に下手だった。というより、米川さんは完全に天才型の感覚派で、自分のやっていることを言葉にすることができないようだった。

そんなわけで、私のジャズ人生は早くも難航しているのである。

「そんで、家はどの辺なの？」

「あ、もうすぐ着くよ。あの角を曲がったところ」

スタジオ練習がない今日は、暇を持てあました米川さんがうちに遊びに来たいと言ったのがきっかけで、急遽《きゅうきょ》、自宅に招待することになったのだ。

お昼休みにお母さんへその旨《むね》を伝えると、汗をかいたブタのスタンプが送られてきた。家が汚いかもしれないという焦りだそうだ。

まあ私たちの学校が終わる頃にはお母さんのパートは終わっているだろうから、その間に死に物狂《ぐる》いで片付けてくれているんじゃないかな、なんて他人事のように思う私はとても薄情な娘である。

角を曲がって見えた我が家。米川さんの前に立って玄関のドアを開ける。

「ただいま」

「おジャマしまーす」

差していた傘を閉じて傘立てに入れていると、リビングからお母さんが飛び出してきた。

「お帰り。いらっしゃい！」

友だちを家に連れてくるのは、すごく久しぶりのことで。お母さんもいつも以上に気合いが入っているのか、滅多《めった》にはかないスカートをはいていた。

「米川さんよね。いつも娘から話を聞いてるわ」

「え、そうなんですか？」

洗濯部を辞めた日の夜、私は吹奏楽部を辞めていたことをお母さんに伝えた。

お母さんは特に驚くこともなく、『そう』とだけつぶやいた。その反応に逆に私が驚いていれば、『ご近所の情報網《じょうほうもう》をなめるんじゃないわよ』と、なんとも怖い言葉が返ってきた。

どうやら私が辞めていたことはずっと前に知っていたらしく、自分から言い出すのを待っていたらしい。ちゃんと自分の言葉で伝えることができた私を、お母さんは盛大に褒《ほ》めてくれて、ジャズをやりたいのだと言ったときにも全力で応援をしてくれた。

「あとでケーキ持っていくから」というお母さんの言葉を背中に受けながら、私は米川さんと一緒に二階にある自分の部屋へと向かった。

「似てるね、お母さん」

「そうかな？」

お互いに重たかったカバンを床に降ろして、適当に座る。

私と米川さんが教室で話す様子を見たクラスメイトは、最初のうちこそ不思議そうに見ていたけれど、数日経てばもう興味がなくなったようだった。担任の先生から『米川さんに弱みでも握られてるのか』と聞かれたときは、さすがにふたりで爆笑してしまったけれど。

「あ、卒アル発見」

「え」

ぼんやりとそんなことを思い返していれば、米川さんは本棚の隅に置いていた中学校の卒業アルバムをめざとく見つけた。

「見ていい？　見るね？」

「ちょ、ちょっとやめてよ、写真映りが悪くて恥ずかしいから」

そう私が制する声にも聞く耳を持たず、米川さんはそのままケースからアルバムを取り出す。そのときだった。

「あれ、なにこれ、手紙？」

「へ？」

アルバムと一緒に出てきた数枚の紙。米川さんは不思議そうにそれを差し出して、

「モテてたんだね」と茶化《ちゃか》すように笑った。

私は受け取りながら、それがなんなのかを思い出す。

「……ああ、これ、吹奏楽部を辞めたときにもらった手紙かも」

「へー。あ、この人イケメン」

既に手紙からは興味をなくしたらしい米川さんは、そう言ってアルバムをペラペラ

とめくり始めた。各クラスの中で一番イケメンな人を探すそうだ。

　私は渡された手紙をひとつずつ手に取りながら、そこに書かれた文字を目で追った。

もっと素直にこの手紙を受け取っていればよかったな、なんて思っていると……。

　かわいいメモや便箋が使われた手紙の中に、ひとつだけ、やけに雑に折られたもの
を見つけた。さわってみると、普通の紙にしては少し硬く、重みがある。

　記憶になくて、これはなんなのだろうと首をかしげながらゆっくりと開いた、刹那《せつな》。

「……っ、これ！」

　米川さんの話し声も、お母さんが階段をのぼってくる音も、窓の外の雨の音も、全
部消えた。頭の中が真っ白になって、息ができない。

　どうしてこれを、私は持っているの……？

　他の物とひとつだけ紙質の違うそれは、スケッチブックの一ページだった。

「ちょっと、どうしたの？」

　米川さんに肩をたたかれて我に返ると、心配そうな視線が向けられていた。

「あ、アルバム……」

「アルバム？」

「ごめん、ちょっと見てもいい……？」

「どうぞ」

渡されたアルバムのページを震える手でめくる。

そうしてたどり着いた、私のクラスの全体写真。左上にひとりだけ、不登校の男の子が小さな丸に収まっている。

どうして？　どういうこと？

頭の中がハテナでいっぱいになった。でも、もう考えている余裕なんてなかった。

「……米川さんっ！　ちょっと、お母さんとケーキ食べてて！」

「は？」

それだけ告げて、私は部屋を飛び出した。ちょうどケーキを持って上がってきていたお母さんと鉢合《はちあ》わせたけれど、かまっていられなかった。

「ちょっと葵、どこに行くの？」とお母さんの不思議そうな声が追いかけてくる。

でも私は振り向くこともせず、ローファーに足を突っ込んで、たった一枚の紙切れと傘だけ持って家を出た。

バシャバシャと水たまりが音を立てる。通り過ぎる人々が不思議そうに私を見ていたけれど、なりふりかまわず、ただ紙をぬらさないようにだけ気をつけて走った。

「っはあ、はあっ、……はあっ！」

途中から傘がジャマになって、差すのをやめた。紙は雨から守るように胸に抱いた。

「はあっ、はっ、はあ……っ！」

いつから彼は私のことを見てくれていたんだろう。

いつから彼は私のことを知っていてくれたんだろう。

……私の背中を押してくれた彼は、あの場所からどうやって旅立っていくんだろう。

「あ、っつ、はあっ！」

じめじめとした暑さがまとわりつくようだ。

時刻はまだ十七時になっていない。いつもならいろんな部活の洗濯物を回収している時間だ。

遠くに見えてきた高校へと走る。ちょうど下校途中の生徒たちが、ずぶぬれの私を見て、こそこそと話をしていた。

グラウンドには、だれもいなかった。この雨の中、部活をするような人はいないのだろう。

「はあ、はあっ」

荒《あら》くなる呼吸を肩で整える。それでも足を止めることはしない。

学校の敷地内《しきちない》へと足を踏み入れる。そのときだった。

「葵!?」

「葵ちゃん!?」

聞き覚えのある声が私を呼んだ。

反射的に立ち止まり、きょろきょろと辺りを見回せば……。

「日向せんぱっ、村瀬さん……っ」

傘を差したふたり組が、驚いたように私を見ていた。部活の途中なのか、ふたりとも半袖のTシャツとハーフパンツで、キレイに筋肉のついた脚をさらしている。

今だけこの脚と取り換《か》えてほしい。そう羨望の眼差しを送っていると、あっという間にふたりは私の元へと駆け寄ってきた。

「どうしたんだお前、びしょびしょじゃねーか！　傘あるなら差せよ！」

「すごい息切れしてるけど大丈夫？　あ、よかったらこのタオル使って」

「あのっ、私急いでてっ」

「そんくらい見りゃ分かるわ！」

なぜだか半ギレ状態の日向先輩と、私の髪を拭いてくれる村瀬さん。

もうこの対応の差でどちらがモテるか一目瞭然《いちもくりょうぜん》だな、と失礼なことを考えながら、久しぶりに見た日向先輩が相変わらず元気そうでホッとする。

そんな私とは対照的に、日向先輩はたまっていたものを吐き出すように口を開いた。

「ていうかなんだよ！　俺がせっかく陸上部で洗濯する物を集めて、お前らが回収しに来るの待ってたのに、一回も来ねーじゃん！」

「……えっ」

予想外の言葉に私は思わず声を上げ、まばたきを二回した。

「『えっ』てなんだ、『えっ』て！　俺があんなに言ったのに。ちゃんと回収に来いよって！」

「あの、日向先輩」

「なんだ！」

怒ったような拗《す》ねたような日向先輩は、眉間にシワを寄せながら私を見た。

「私、退部したんです」

今度は日向先輩が、「えっ」と言う番だった。

「日向先輩が退部した日の放課後、私も出ていったんです」

私がそう言った瞬間、日向先輩はとても嬉しそうに目尻にシワを寄せた。

洗濯部から退部をするということは、すなわち前を向いたということ。喜ばしいことなのだと分かっているからこその反応に、私も嬉くなったけれど……。

「……じゃあ待て。今、洗濯部には真央しかいねーってことか？」

私はこくりとうなずいて、険しい顔をした日向先輩に確認するようにつぶやく。

「この二週間、真央くんは洗濯物を回収してないってことですか？」

「そういうことになるな、多分」

あれだけサボるなって言ったのに、と吐き出すように言った日向先輩。

「分かりました、ありがとうございます」

ペコリと頭を下げて、「じゃあ」と手を振る。

「え、おい、葵！」

「葵ちゃん！」

また走り出した私の後ろから、日向先輩と村瀬さんの困惑したような声が飛んできたけれど、振り向くことはしなかった。

せっかく拭いてもらった髪は、また雨にぬれる。

きっと真央くんは五号館二階奥の空き教室にこもっているのだろうということは、たやすく想像できた。それなのに、いつもどこから五号館へ行っていたのか、なぜか思い出せない。

「五号館、五号館……っ」

つぶやきながら、学校の敷地内を走った。

「……っ、はあっ」

玄関でローファーを脱いだ。紺色《こんいろ》のハイソックスは既にぐしょぐしょにぬれている。

結局使わなかった傘を玄関の壁に立てかけた。右手の人差し指と中指にローファーを引っかけて、左手でスケッチブックの一ページを胸に抱いて、一号館の中に入った。

「どこ、どこに……っ」

五号館はどこにあるの？

一号館にあるのは、私たち一年生の教室と、二年生の教室。四階建てのその校舎を、端から端まで走る。

それでもやっぱり五号館への入口は見当たらず、私はそのまま二号館へと直結している廊下を走った。

二号館には三年生の教室と、各階に自習室が設けられている。受験生にとって勝負の夏が近づいてきているからか、自習室にはたくさん人がいて、それぞれの教室に残って勉強する生徒の姿も見られた。

一号館と同様に、端から端まで走る。ただ、勉強している三年生のジャマにならないように、足音を極力消しながら。

「葵ちゃん？」

三階までのぼったところで、私を呼ぶハスキーな声が聞こえた。

いつも優しくて、安心させるように笑ってくれたその人が脳裏に浮かんで、反射的に顔を上げる。

「やっぱり。葵ちゃんだ」

久しぶり、と言いながらふわりと笑ったのは、見慣れない姿の紫苑先輩だった。

洗濯部を引退したときよりも、男子生徒用の制服がしっくりとなじんでいるような気がする。無造作に遊ばせた黒髪が今どきで、かっこいい。

「どうしたの、そんなに急いで。すごいぬれてるけど……って、あ！　ヘアピンつけてくれてるんだ」

色白黒髪美人だった頃の口調は少しずつ抜けているらしく、オネエ感はだいぶ薄まっていた。それでも変わらず優しい紫苑先輩に、涙が込み上げてきそうだった。

「し、紫苑先輩っ」

「ちょっとちょっと、どうしたの葵ちゃん」

すがりつくように名前を呼んだ私の肩を掴んで、戸惑ったように紫苑先輩は瞳を揺らす。

桜さんは元気ですか？　私、このヘアピンからいつも勇気をもらっているんです。紫苑先輩がいてくれたから、今の私がいます。

言いたいことはいっぱいあった。だけど今はそれどころではない。だからこれはまた今度、丁寧に伝えよう。

「五号館はどこですか……っ」

今一番知りたいことだけを口にする。

そんな私を驚いたように見た紫苑先輩は、次第にその視線を足元へと下ろしていった。

「……そう。葵ちゃんは退部したのね――」

「ちょっと君たち、廊下でなにを騒いでいるんだ。集中できないから静かにしてくれないか」

紫苑先輩の言葉を遮るように廊下に響いたのは、教室からひょっこりと顔を出した男子生徒の声。その人に見覚えがあって、思わず私はまばたきをした。

「って、木村と……確か、洗濯部の」

向こうも私に気づいたようで、こちらへと近づいてきた。いつだったか体験入部に来たその人は、あの日と変わらず背は低めで眼鏡をかけている。

「今井、大事な話をしてるから」

「五号館のことだろう。ばっちり聞こえていたさ」

今井さんはそう言って、紫苑先輩と並ぶように私の前に立った。

「言っただろう。あそこは〝死にかけ〟が集う場所だ」

「ちょっと今井……っ」

「この子も、もう退部しているんだろう。なにを隠す必要がある？」

「そうだけど……」と言いよどんだ紫苑先輩。

私はとにかく五号館への行き方が知りたくて、まっすぐに今井さんの目を見た。

今井さんはそんな私の意思を汲《く》み取ってくれたようで、一度うなずいてからこう言った。

「五号館は、本来存在していない場所だ。身も心も健康な人間があそこにたどり着くのは不可能だよ」

一瞬、思考が止まった。けれど、私は妙にその言葉に納得した。

〝死にかけ〟にしかたどり着けない場所だから、私が退部して〝死にかけ〟じゃなくなったあの日、振り向いたときにも五号館はなかったのだ。

そんなのありえないと思う一方で、こんなに探しても見つからないという事実がそれを裏付けていて、私には今井さんの言葉を信じないという選択肢がなかった。

……だとすると、私はどうしたら五号館へ行けるのだろう。

「……葵ちゃん？」

心配そうな紫苑先輩の声が聞こえるけれど、返事をする余裕もなく頭を回転させる。

そもそも私はどうして五号館に行けていたんだった？　〝死にかけ〟だったから？

それで、あの掲示板で日向先輩に声をかけてもらった。じゃあ、その前はなにをしていたんだったっけ……。

不意に思い出したのは、涼しい風が吹く屋上のこと。

そうだ。私は屋上から飛び降りようとしたんだ。じゃあ、もう一度飛び降りようとしたら……。

そこまで考えて、私は「ありがとうございますっ」と勢いよく頭を下げた。

「え、ちょっと、葵ちゃん⁉︎」

また走り出した私を心配するような紫苑先輩の声が後ろから飛んできたけれど、私の足は階段を駆けのぼっていた。

……真央くん。私、真央くんに聞きたいことがたくさんあるよ。

『私がトランペットを吹いてる絵がゲタ箱に入ってたこともあったな。あまりにも上手すぎて嫌味かと思っちゃったけど』

細部まで描き込んだ下絵に、ぼやっと色を乗せるのが君の絵の特徴だったよね。私のこの言葉は、きっと君を傷つけたんじゃないの？　それなのにどうしていつも隣にいて、背中を押して、瞳を逸らさずにいてくれたの？

ひとり分の足音が響き渡る。息はもう絶え絶えだった。

今度は私が、君を救うよ。

階段の一番上までのぼりきった私は、ためらうことなく屋上へと続く扉《とびら》を開けた。

君にずっと伝えたかった —遠藤真央—

——幼少期の記憶は、すべて真っ白な壁で覆われた病院でのものだった。

原因不明の難病と闘う少年。それを献身的に看病する母親と、治療費を稼《かせ》ぐために仕事に励む父親。傍《はた》から見れば、それはとてもはかなく感動的な構図だったろう。

外で遊ぶことはできないけれど、自分には優しい母親が側にいてくれる。注がれる無償《むしょう》の愛を甘受しながら、僕は闘病生活を続けていた。

もうすぐ退院できると医師から告げられた日の夜に決まって体調が悪くなって、入院期間が延びることも多々あったが、落ち込む僕を一番に励ましてくれるのは母親だった。

そんな生活がガラリと変わったのは、僕が八歳のとき。母親が突然姿を消したのだった。

「まお、真央、気づかなくてごめんな……っ！」

いつも仕事で忙しかった父親が泣き叫ぶように謝って、僕を押しつぶすように抱きしめた。

僕はそのとき、なにが起きたのかあまり理解していなかった。ただ分かったのは、優しく愛情を注いでくれた母親がいなくなったという事実だけだった。

中学生になってから、母親が『代理《だいり》ミュンヒハウゼン症候群《しょうこうぐん》』という精神疾患《せいしんしっかん》であると診断《しんだん》されていたことを知った。

それは、身近にいる人間を病気に仕立て上げて、自分は献身的な看護者を装う病気。すなわち、難病とされていた僕の病気は母親によって演出されたものであった、ということだ。

あまりにも僕の入院が続くことを不思議に思った病院側が、病室に監視《かんし》カメラを設置したことで判明した事実だったそうだ。

父親は気づくことができなかった自分を責めてうつ状態になって、僕をひとりで育てることができなくなったらしい。

自分を引き取ってくれた叔母《おば》からそう聞かされたときも、僕はいまいちそのことがピンとこなくて、ただ自分に向けられていたふたつの愛情からバッサリと切り離されたことだけが事実として残った。

そんな過去の経験から、僕自身も精神的に苦痛を受けていた。

声が出なくなったのは、小学校を卒業する頃。精神病棟《せいしんびょうとう》を抜け出した母親が僕を連れて心中しようとしたことがきっかけだった。

自分の記憶の中では優しく愛情を注いでくれていた母親が『ずっと一緒にいようね』

と笑顔で首を絞《し》めてきたことはなかなかに衝撃的で、僕の中に強い恐怖心を残した。

そのまま中学に入学したものの、母親の一件がトラウマになって人と接することができず、家から出ない日々が続いた。事情が事情であったため、学校側から定期的に出される課題をこなすことで出席日数を補えるよう特別措置《そち》をとってもらっていた。月日が経つにつれて徐々《じょじょ》に外へ出ることはできるようになっていったが、中学三年間のうち教室で授業を受けた日は一日もなかった。

そんな調子だったため、高校は受験しないつもりでいた。しかし育ての親である叔母の強い希望により、かかりつけ医の知り合いである養護教諭——古賀先生がいる高校へ行くことになった。

高校でも例によって特別措置をとってもらい、教室に行かない日は養護教諭の目の届くところで過ごした。自動的に、僕は高校を入学してすぐ、彼女が顧問を務める洗濯部にも入ることとなった——。

「おーい、真央くん」

部室で一心不乱に絵を描いていたところに声をかけてきたのは、その養護教諭。

「あんまり根《こん》つめてると、セラピーにならないわよ」

あきれたようにポンと肩をたたかれて、僕はゆっくりと顔を上げた。

アートセラピーを医師に勧《すす》められたのは、まだ母親が近くにいた頃。長期入院でたまるストレスを、絵を描くことで解消する効果があるとのことだった。また医師も、僕の描いた絵を見ることでその心理状態を見ていたそうだ。

そのときから暇さえあれば絵を描いていた。以来、それが僕の唯一《ゆいいつ》の趣味であり、特技となった。

「ちょっとひと息入れない?」

養護教諭の提案に小さくうなずいて、立ち上がる。

電気ケトルでお湯を沸かす間、僕はぼんやりと中学時代のことを思い返していた。


——あれは、中学二年の夏だった。

ほとんど学校には行っていなかったが、その日は書類を提出するために、ひとりで学校に来ていた。いつもなら叔母と一緒に、もしくは叔母だけで行ってもらっていたことだったが、どうしても叔母の都合がつかなかったのだ。

その頃には少しずつ外に出ることもできていたし、なにより叔母に負担をかけすぎていることが気にかかっていたこともあり、外に出る練習だと言い張って家を出た。

夜に近い夕方、ちょうど部活動が終わる時間帯に、僕は職員室を目指していた。しかし、ひとりで学校に来たことがなかったため、見事に迷った。

まだ明かりのついている教室は多く、外から見てもどこが職員室か分からない。小学校もほとんど院内学級に通っていた僕は、学校というものの造りをいまいち把握できていなかった。

あてどなく廊下を歩きながら、どうしようかと考えあぐねていたときだった。

「うっわわわ、びっくりした！」

突然聞こえた女子生徒の声。廊下の角から急に現れた彼女とぶつかりそうになって慌ててよけると、バサバサッと僕の腕から書類が落ちた。

女子生徒の手には、シルバーのトランペットが握られていた。

「ごめんなさい。私、よく前を見てなくて！」

へらりと笑顔を浮かべながら謝る女子生徒に、僕はどんな反応をすればいいか分からずしゃがみ込んで、床に散らばった書類を手に取った。

『いや、こちらこそ前を見てなくてごめん』

普通の中学生なら、こんなふうに言葉を返すのだろうか。

この学校の生徒と関わるという想定外の事態に、なんとなくそんなことを思いながら、書類を無言で拾い集める。

相手の女子生徒はなにも反応しなかった僕に不快感を示すわけでもなく、まるで拾うのが当たり前とでもいうようにしゃがみ込み、それを手伝ってくれた。

「はい、これで全部かな。職員室に出しに行くの？」

差し出された書類を受け取り、鈴《すず》の音みたいな声で問いかけられた質問にうなずけば、彼女はなにも話さない僕を不思議そうに見て、思い立ったように声を上げた。

「あ！　もしかして職員室が分からない？　あのね、この廊下をずーっと行って階段下りたところだよ」

この女子生徒はエスパーかなにかだろうか。

僕の一番知りたかった情報を与えて、「それじゃあ！」と去っていったその後ろ姿に、思わず声をかけた。

「……っ、……っ！」

ありがとう、と口を大きく動かした。しかしそれが音になって空気を揺らすことはなかった。ヒュウッと鋭《するど》い息が出ただけ。パタパタと廊下を走っていく女子生徒がこちらを振り向くことも、もちろんなかった。

このとき、僕は初めて声が出ないことを不便だと感じた。これまでは、なにかを伝えたいと強く思ったことがなかったから。

『ありがとう』

この五文字だけでも音にならないものかと試行錯誤《しこうさくご》してみたものの、結局それは叶《かな》わなかった。

無事に職員室を見つけて書類を提出し、そのまま帰ろうと靴を履き替えていると、僕の鼓膜を楽器の音が揺らした。キレイな響きだと思った。ちょっとした好奇心で、その音のするほうへと足を進める。

導かれるようにしてたどり着いたのは、校舎裏の一角。自分から十メートルほど離れたところで、ひとりの女子生徒が楽器を吹いている姿が目に入った。

どんな音がどんな楽器から作られるものなのか、いまいち分かっていなかった僕は、そこで初めてこの音がトランペットのものなのだと知った。そして、それを吹いているのがさっき自分を助けてくれた女子生徒だと気づいたとき、胸の奥が小さな音を立てた。

さっきは笑顔で明るく話していた彼女が、今は真剣な顔をしてひとりでトランペットの練習をしている。そのギャップが興味深く、すごくキレイで繊細なものに思えた。

たった一時間ほどで、彼女と彼女の生み出す音色に魅了された僕は、そのあともたびたび外へ出る練習だと理由をつけて、彼女が自主練習する様子を見に行った。何度かコンクールの会場に足を運んだこともある。

完全なるファン。一歩間違えればストーカー。それが、不器用な僕の密かな初恋だった。

そして、中学三年の夏。あるコンクールで、彼女はソロパートで失敗した。ひどく動揺していることが客席からでもすぐに分かった。

そのあと、何度か校舎裏の一角へ行ったけれど、彼女が自主練する姿を見かけることはなくなった。

辞めてしまったのだと察した。でも僕は、辞めないでほしかった。せっかく美しい音色を作り出せるのに、辞めてしまうのはもったいないと思った。

なんとかして彼女を引き留めたい。でも、声を持たない僕にできることは限られていて……。

手紙をしたためるのも気が引けた。どうせ【辞めないで】としか書くことがないし、自分の字がそこまでうまくないことも自覚していた。それなら、まだ絵のほうがマシかと思った。唯一の特技を、ここで生かそうと思った。

スケッチブックに、彼女の一番好きな姿を描いた。何度も何度も描き直して、細部まで描き込んで、ようやく満足のいった一枚に色を乗せた。

だけど直接渡すような勇気はなくて、ゲタ箱に入れておいた。結局、彼女の心に響かずに終わったのだけれど――。

あのとき、彼女の心に響くようなことができていたら、もっと早く彼女を救うことができていたのかもしれない。でももし救っていたとしたら、彼女とこんなに関わることはなかったのだろう。

どっちにしても、今、彼女が笑っているのであればそれでいいと思う。

「真央くんのいれてくれるコーヒーは格別ね」

マグカップに口をつけて、養護教諭が大げさに褒めてくる。

いれる人によって味が変わることなんてあるのだろうか、と疑問に思いながら、自分はココアを飲んだ。

「それにしても、みんな立て続けに退部していったわね」

壁に飾ってある絵を眺めながら、養護教諭は言う。

色白黒髪美人と部長の似顔絵は隣り合うように飾った。その横に空けてあるのはもちろん、〝彼女〟の似顔絵のためのスペースだ。

彼女がこの部室にやってきたとき、僕は絶望した。彼女のようなよく笑う明るい人が〝死にかけ〟になっていたことが信じられなかった。『なんでこんなところに来たんだ』と声にならない声で叫んだ。

こちら側に来てほしくなんてなかった。どうにかして追い返したかったし、さっさと出ていってほしかった。

けれど、涙ながらにコンクールのことを話してくれたあの日、人と関わることを避けていた彼女がまた前を向けるように、その背中を支えたいとも思った。

　びくびくと怯えたような姿や、前髪で目元を隠す仕草を何度も目にした。でも、彼女はいろんな人と関わっていくうちに前を向き始め、時に笑顔も見せてくれた。

　僕は自分の人生が幸せかどうかなんて分からない。恵《めぐ》まれているとか、恵まれていないとか、そういうのは他人と比べた結果だと思う。でも、彼女の成長していく姿を隣で見ることができた一カ月は、間違いなく幸せな時間だったと感じている。

「真央くんはどうやって退部していくのかな」

　ごちそうさま、と空になったマグカップを置いて養護教諭は立ち上がる。

　流れるような動作で部室から出ていった養護教諭を、僕は白けた目で見送った。

　どうやってって、どういうことだ。〝どうやって声を取り戻すのか〟ということだろうか。

　退部していった部員たちは、みんなそれぞれが抱えていた問題を解決して、前を向いて出ていった。

　自分が今抱えているのは、家庭環境による声の喪失《そうしつ》だ。でもそれは、今さらどうにもできないことだろう。

　治療としてカウンセリングはずっと受けているけれど、そもそも自分自身が声を取り戻したいとあまり思っていないことも相まって、治らないように思う。医師からも

『だれかに話したいと強く思ったとき、ぽろっと出たりするかもね』なんて言われているほどだ。

だとしたら、自分がここから出ていくことは不可能だ。僕が声を出そうとしたのは、全部彼女に向けてだけだったのだから。

『ありがとう』

彼女にお礼を言いたくて。

『それ以上、こっちに来るな』

彼女を苦しめたくなくて。

『ごめん』

彼女を苦しめていたことを知って。

『大丈夫』

彼女の背中を押したくて。

『僕もいる』

彼女に自分を見てほしくて。

だけど、彼女はもういない。ここに戻ってくることはない。

この声を届けたいと思う相手がいないのであれば、きっと僕は声を発することはないだろう。

そう思っていたのに……。

「真央くん！」

ガラッと部室のドアが開いた。なぜか全身ぬれた状態の彼女が飛び込むように部室へ入ってきた。

僕は、夢でも見ているのだろうか。送り出したはずの彼女が、もう戻ってくるはずのない彼女が、なぜここにいるのだろう。

「今から私、ものすごく都合のいいことを言うかもしれないけれど、聞いてくれませんか!?」

状況をいまだ理解できず、ぽかんと口を開けたままの僕に、びしょぬれの彼女は言い放つ。前髪を留めたヘアピンがきらりと光った。

そこには、少し前までのおどおどした彼女はいなかった。

「この似顔絵をっ、真央くんが描いてくれたものだと仮定して話をします」

走ったのだろうか。肩で息をした彼女は、その左手に持っていた紙を僕に見えるように広げた。

それは、スケッチブックの一ページ。何度も何度も描き直した、トランペットを吹く彼女の似顔絵だった。

頭の中が真っ白になった。

どうして今さらそれを、彼女が持ってきたのだろう。とっくに忘れ去られて、捨てられたものだと思っていたのに。

驚きで硬直した僕を見て、彼女はふうっと大きく息を吐き出してから、こう切り出した。

「真央くんがいつから私のことを知ってくれていたのか、正直私はよく分からないんだ。中学校が同じだったことも知らなかったから。それに、この絵をもらったときも、嫌味だと思ってた」

この言葉が真央くんを傷つけていたらごめんね、とつぶやく彼女は、僕の目をじっと見ていた。

「だけど私、洗濯部に入ってから、真央くんがいつも隣にいてくれて、背中を押してくれて、目を逸らさないでいてくれたことが、すごく嬉しかったし心強かったし、頼もしかった」

だから、と彼女は言葉を区切る。大きく息を吸って、吐いて、再び口を開く。

「今度は私が、真央くんを救うよ」

その瞬間、僕の頬をひと粒の涙がこぼれ落ちていった。

「支えになるよ。手伝うよ。真央くんが抱えているものがどれだけ大きくて重たいものか分からないけれど、私はそれを一緒に持つし、どうしたら軽くなるのか考えるよ。

ひとりで抱えるより、ふたりで抱えたほうが軽くなるでしょ?」

　そう言いながら照れくさそうに笑顔を浮かべた彼女は、自分がかなりクサいことを言っているという自覚があるらしい。

　そんな彼女の表情を見ていたら、なんだか心が軽くなったような気がした。つられて口元を綻《ほころ》ばせる。

　すると彼女は驚いたように目を丸くして、それからとびきり嬉しそうな笑顔を僕に向けるから……。

「……あお、い」

　その声は、自然とこぼれ落ちた。

「え!?」

「え」

　彼女の鈴の音みたいな声と、聞き慣れない低い声がそろった。

　そういえば、僕が声を失ったのは変声期前の小学生のとき。初めて聞く自分の低い声に、違和感を覚えるのは当たり前か。

「あーっ」と声を出してみる。どうにも少し震えるし、扱い方が思い出せない。

　けれど、目の前に仁王立ちしていたびしょぬれの彼女は、目を爛々《らんらん》と輝かせてこう言った。

「真央く、ま、真央くん、もう一回！　もう一回、呼んで……」

耳をずいっとこちらに寄せて、せがむように。

彼女の頬が少し赤くなっていることが信じがたくて、やっぱり自分は夢でも見てるんじゃないかと思う。念のために自分の頬をつねってみると痛かった。

これが現実だと実感すれば、なんだか急に恥ずかしさが込み上げてくる。でも、言えるときに言わないと、また後悔するような気がした。

「葵」と、もう一度名前を呼んだ。今度ははっきりとその名前を言うことができたから、僕は続けてこの言葉を口にした。

「……ありがとう」

それは、ずっと彼女に伝えたかった言葉。

中学二年生のとき、校舎で迷っていた僕に道を教えてくれてありがとう。

そして、今もこうして僕を救いに来てくれてありがとう。

ふたつの意味を込めて告げると、彼女はぼろぼろとその瞳から涙をこぼした。

「な、なにそれ、不意打ちは卑怯《ひきょう》だよ……っ。ていうか、私はまだお礼を言われるようなことはしてないし、真央くんが抱えてるものの重さを知らないよ……っ」

「いや……もう、退部、する」

「へ!?」

途切れ途切れに答えると、すっとんきょうな声が返ってくる。

「もしかして、私がいなかった間に自力で解決してたの？」

そう言って頭を抱えた彼女は、すっかり涙が止まってしまったようだ。たった今、まぎれもなく彼女が戻ってきたおかげで僕は声を取り戻すことができたというのに、まだまだ自己評価の低い彼女はそのことに気づいていないらしい。

彼女の問いかけには答えずに、僕はただ笑みをこぼす。棚の中からタオルを取り出して、困惑している彼女の頭に乗せれば、ようやく自分がびしょぬれだったことを思い出したようだった。

「あ、ありがとう……っくしゅ」

くしゃみをしながら、彼女は手にしたタオルで全身を拭いていく。

「……あっ、ていうか！　さっき日向先輩に会ったらこの二週間くらい洗濯部が回収来てないって言ってたんだけど、サボってたの？」

純粋に疑問だったのだろう。彼女は世間話のように聞いてくる。

「…………」

しかし僕はその問いかけに答えることはしなかった。

壁に飾る用の彼女の似顔絵がどうしてもうまく描けなくて、何度も描き直していたから。そう正直に言えば、さすがに引かれるだろう。

「え、なに？　なんで？」

不思議そうに首をかしげて言葉を重ねた彼女に、僕は無言を貫いてさっさと部室のドアのほうへと向かった。


五号館の玄関に出ると、いつの間にか雨は止んでいた。まだ雲の残る空はキレイな夕焼けをしていて、遠くに虹《にじ》がかかっている。

「ねえ真央くん、ひとつ約束をしませんか？」

隣に立つ彼女が不意に口を開く。

じっとその顔を見下ろせば、彼女は同じように僕を見上げる。

「ここを出て洗濯部の部員じゃなくなっても、他愛のない話をしたり、お茶をしたり、たまに一緒に帰ったりするような友だちでいてくれませんか？」

「……友だち」

「うん、友だち」

一点の曇りもない彼女の瞳にため息をつきそうになって、すんでのところで止めた。

「……まあ、今のところは」

「え、友だちになるの嫌だった!?」

「いいよ、それで」

前を向いて生きていれば、いつかこの関係を発展させることができるかもしれない。

そう思えるくらいに、清々しい風が吹き抜けていく。

「せーの」で彼女と一緒に踏み出した一歩は、可能性にあふれた未来への一歩に違いない。

「あ！　ちょっと日向、いたわよ！」

「どこ？　うお、本当だ！」

数歩進んだところで、聞き覚えのある声が聞こえてきた。隣にいた彼女と共に顔を向けると、遠くのほうで大きく手を振るふたりの先輩。

「なんでいんの、あの人たち」

「きっと私たちのこと待っててくれたんだよ」

先輩たちにジャマされて少し不機嫌な僕の気持ちなど気にも留めずに、隣で彼女は嬉しそうに手を振り返している。その上、走り出そうとするから、反射的にその手を握った。

すると彼女は一瞬驚いたように固まって、それからゆっくりと僕の手を握り返して笑う。

「一緒に行こう、真央くん」

そう言って走り出した彼女に引っぱられるようにして、僕もその後を追いかけた。

エピローグ ―古賀先生―

六月二十五日
ただ、君にこの言葉を伝えたかっただけなんだ。
ありがとう。
――真央

＊＊＊

その日以降なにも書かれていない日誌を、パタンと閉じた。

だれもいなくなった、五号館二階奥の空き教室。

〝死にかけ〟ばかりが集うとウワサされているここは、ある人に言わせれば『一時避難所』であり、ある人に言わせれば『更生施設』である。

そんな部活の顧問を始めたのは、もう随分と前のことだ。

私には、忘れられないひとりの生徒がいる。初任の頃、毎日のように保健室へ来て休んでいたその生徒は、ある日突然、自ら命を絶ってしまった。

思い返してみればSOSのサインはたくさんあったのに、どうすることもできなかった。そんな自分がふがいなくて腹立たしくて、私は塞ぎ込んだ。

そうして〝死にかけ〟になった私が、たどり着いた五号館。そのとき私は、ここが思い悩んでいる生徒たちの心の休まる場所になってほしいと思った。

「今日もはためけ、洗濯部」

小さくつぶやくように口にしたのは、その頃考えた洗濯部の掛け声だ。

〝はためく〟という言葉には、布が風にはためくという使い方の他に、鳥が〝ははたく〟様子を表すのに使われることがある。私はそれを知ったとき、はばたいていこうとする洗濯部の部員たちにぴったりの言葉だと思った。

初めてシーツの洗濯を頼んだあの日から、どのくらいの月日が経ったことだろう。たくさんの生徒がここで成長していく姿を見守ってきた。

洗濯部という仮の居場所から、自分がいたいと願う場所を見つけて旅立っていく背中に、何度も心を打たれ、私はこの部活の顧問としてのやりがいを感じている。

かつて救うことができなかった生徒への想いは、きっとこの先消えることはないだろう。けれど私は、前を向いて生きていく。これから出会う〝死にかけ〟たちを救うために。

ベランダでは、保健室で使う白いシーツがはためいている。

窓を開けて、大きく息を吸い込んだ。

空は快晴。夏の匂いがしている。

「洗濯日和、だなあ」

登校してくる生徒たちを見下ろせば、そこには楽しそうな笑顔が溢れていた。

今日も、君たちの一日が晴れやかなものでありますように——。

Fin.

あとがき

こんにちは、梨木れいあです。『晴ヶ丘高校洗濯部！』を手に取っていただき、また最後までお付き合いくださいまして、本当にありがとうございます。

本作を書いたきっかけは、とあるアンケートで高校生の六割近くが「死んでしまいたいと思ったことがある」と答えていたのを目にしたことでした。

そんなにいるんだ、と衝撃を受けました。しかしそれは、自分が高校生だった頃を思い返してみれば、なんとなく共感できるものでもありました。

だれかの何気ない一言や態度が気になったり、ちょっとしたモヤモヤが積み重なったりして、ふとした瞬間に気持ちが沈んでしまう。そんな経験があるという方は、きっと少なくないでしょう。

たいていの場合は、周りの人に話を聞いてもらったり、美味しいごはんを食べたり、好きな音楽を聞いたり、とりあえず寝てみたりしているうちに、沈んでいた気持ちがふわふわと浮かんでくることかと思います。

しかし、なかには自ら命を絶ってしまう方もいます。

そうした方々が本当に亡くなってしまう前に、もう一度ゆっくり考え直すことができるような場所があればいいのに。そんな想いから生まれたのが〝洗濯部〟でした。

この作品が、読んでくださった方の背中をそっと押すような、その腕を暑苦しく引っ張っていくような、ときには一緒にお茶でも飲みながらほっこりできるような、そんな一冊になれれば嬉しいです。

最後になりましたが、本作の書籍化にあたりたくさんの方々にご尽力いただきました。より魅力が伝わるようにと奔走してくださった森上さまをはじめ、スターツ出版の皆さま、的確なアドバイスをくださったヨダさま、洗濯部の部員たちを素敵に描いてくださったけーしんさま、そしていつも応援してくださる読者の皆さま。本当にありがとうございました。

今日も、皆さまの一日が晴れやかなものでありますように。

二〇一七年一月　梨木れいあ

この物語はフィクションです。実在の人物、団体等とは一切関係がありません。

梨木れいあ先生へのファンレターのあて先
〒104-0031　東京都中央区京橋1-3-1　八重洲口大栄ビル7F
スターツ出版(株) 書籍編集部 気付
梨木れいあ先生

晴ヶ丘高校洗濯部！

2017年1月28日　初版第1刷発行

著　者　　梨木れいあ　

発 行 人　　松島滋
デザイン　　西村弘美
D T P　　久保田祐子
編　　集　　森上舞子
　　　　　　ヨダヒロコ（六識）
発 行 所　　スターツ出版株式会社
　　　　　　〒104-0031
　　　　　　東京都中央区京橋1-3-1　八重洲口大栄ビル7F
　　　　　　TEL　販売部　03-6202-0386（ご注文等に関するお問い合わせ）
　　　　　　URL　http://starts-pub.jp/
印 刷 所　　大日本印刷株式会社

Printed in Japan

ISBN　978-4-8137-0201-6　C0193

スターツ出版文庫　好評発売中!!

『あの日のきみを今も憶えている』　苑《その》水《み》真《ま》茅《ち》・著

高２の陽鶴は、親友の美月を交通事故で失ってしまう。悲嘆に暮れる陽鶴だったが、なぜか自分にだけは美月の霊が見え、体に憑依させることができると気づく。美月のこの世への心残りをなくすため、恋人の園田と再会させる陽鶴。しかし、自分の体を貸し、彼とデートを重ねる陽鶴には、胸の奥にずっと秘めていたある想いがあった。その想いが溢れたとき、彼女に訪れる運命とは――。切ない想いに感涙！

ISBN978-4-8137-0141-5 ／ 定価：本体600円＋税

『きみと、もう一度』　櫻《さくら》いいよ・著

20歳の大学生・千夏には、付き合って1年半になる恋人・幸登がいるが、最近はすれ違ってばかり。それは千夏がいまだ拭い去れないワダカマリ――中学時代の初恋相手・今坂への想いを告げられなかったせい。そんな折、当時の親友から同窓会の知らせが届く。報われなかった恋に時が止まったままの千夏は再会すべきか苦悶するが、ある日、信じがたい出来事が起こってしまい…。切ない想いが交錯する珠玉のラブストーリー。

ISBN978-4-8137-0142-2 ／ 定価：本体550円＋税

『あの花が咲く丘で、君とまた出会えたら。』　汐《しお》見《み》夏《なつ》衛《え》・著

親や学校、すべてにイライラした毎日を送る中２の百合。母親とケンカをして家を飛び出し、目をさますとそこは70年前、戦時中の日本だった。偶然通りかかった彰に助けられ、彼と過ごす日々の中、百合は彰の誠実さと優しさに惹かれていく。しかし、彼は特攻隊員で、ほどなく命を懸けて戦地に飛び立つ運命だった――。のちに百合は、期せずして彰の本当の想いを知る…。涙なくしては読めない、怒濤のラストは圧巻！

ISBN978-4-8137-0130-9 ／ 定価：本体560円＋税

『一瞬の永遠を、きみと』　沖《おき》田《た》円《えん》・著

絶望の中、高１の夏海は、夏休みの学校の屋上でひとり命を絶とうとしていた。そこへ不意に現れた見知らぬ少年・朗。「今ここで死んだつもりで、少しの間だけおまえの命、おれにくれない？」――彼が一体何者かもわからぬまま、ふたりは遠い海をめざし、自転車を走らせる。朗と過ごす一瞬一瞬に、夏海は希望を見つけ始め、次第に互いが“生きる意味”となるが…。ふたりを襲う切ない運命に、心震わせ涙が溢れ出す！

ISBN978-4-8137-0129-3 ／ 定価：本体540円＋税

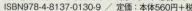